GRENVILLE MURRAY

VEUVE OU MARIÉE?

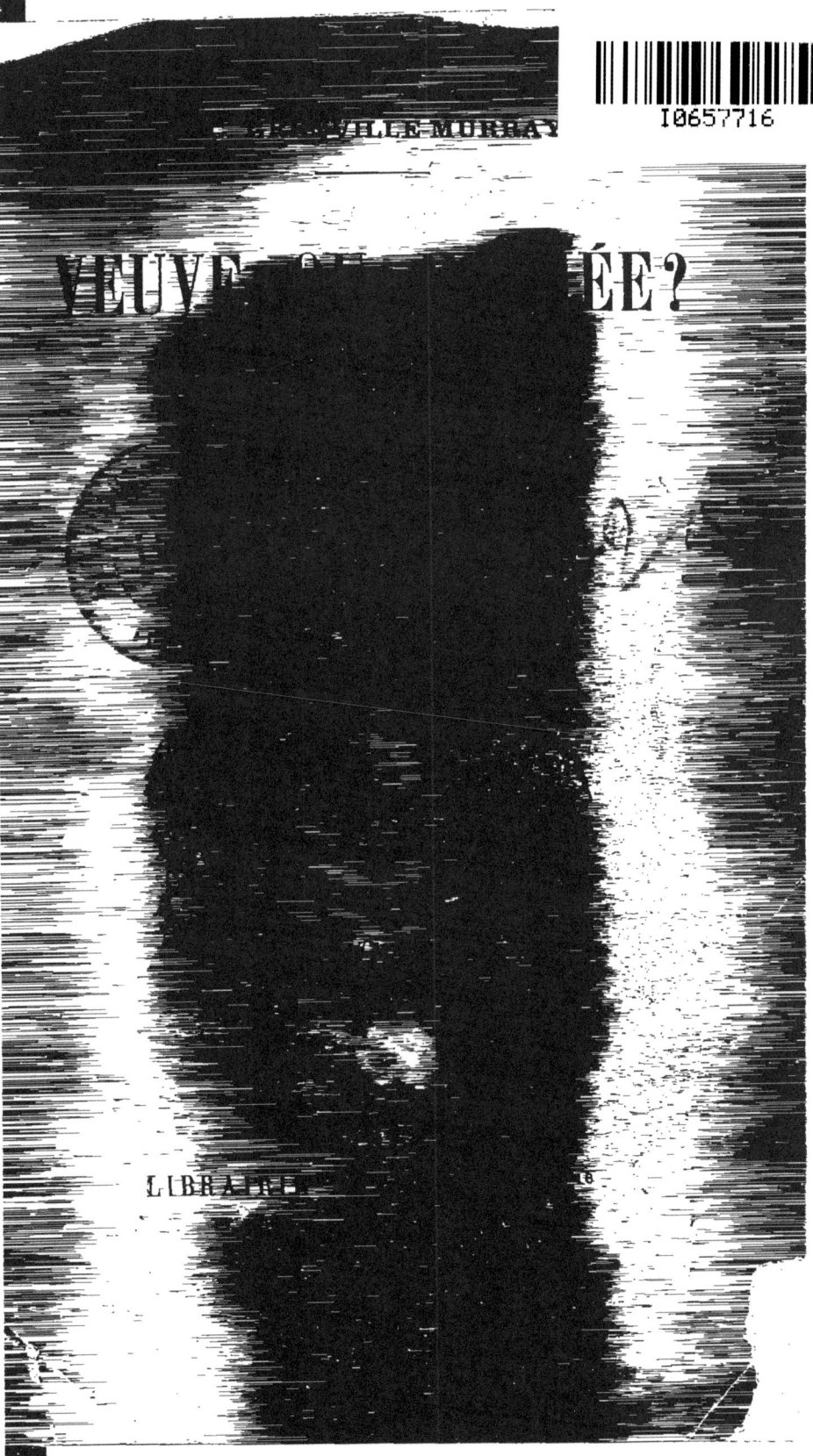

LIBRAIRIE

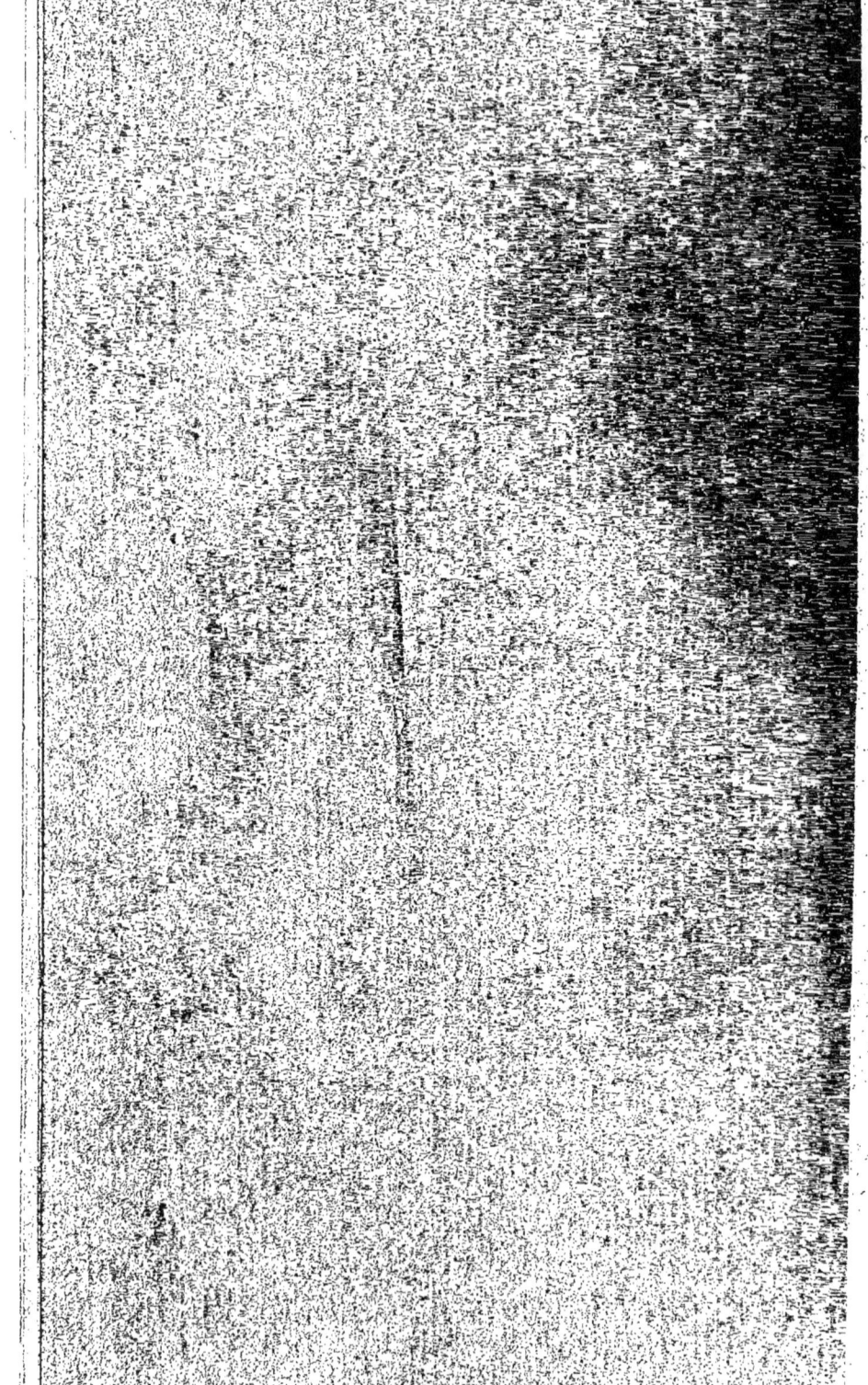

VEUVE OU MARIÉE?

97

OUVRAGES DU MÊME AUTEUR

QUI SE TROUVENT A LA MÊME LIBRAIRIE

Le jeune Brown, traduit de l'anglais par J. Butler.
— 2 volumes brochés . . . .   2 fr. 50

La cabale de boudoir, traduit de l'anglais par
J. Butler — 2 volumes brochés . . . .   2 fr. 50

---

409 — Paris, imp. LALOUX fils et GUILLOT, rue des Canettes, 7.

E. C. GRENVILLE-MURRAY

VEUVE OU MARIÉE?

ROMAN TRADUIT DE L'ANGLAIS

AVEC L'AUTORISATION DE L'AUTEUR

PAR

J. BUTLER

PARIS

LIBRAIRIE HACHETTE ET Cie

79, BOULEVARD SAINT-GERMAIN, 79

1877

VEUVE OU MARIÉE?

CHAPITRE PREMIER

LE PÉNITENCIER

Il faisait froid; le ciel était tout gris; la pluie fouettait un grand mur noir, haut et épais, en pierre de Portland : le mur d'une prison pour les femmes condamnées aux travaux forcés.

Devant la grosse porte de fer, par où pénétraient les voitures cellulaires et leurs chargements humains, un *policeman* se promenait nuit et jour. En face, c'est-à-dire de l'autre côté de l'étroite rue où s'élevait le sombre édifice, il y avait une rangée d'échoppes délabrées, repoussantes, parmi lesquelles une boutique de *gin* se

N. B. Ce roman a paru en anglais sous ce titre : *A Wife's quest.*

faisait remarquer par son luxe relatif. C'était le rendez-vous habituel des gardiens de la prison ; c'était là aussi que les amies des détenues s'assemblaient les jours de parloir, ou qu'elles les attendaient lors de leur mise en liberté.

A neuf heures, presque tous les matins, on pouvait voir, autour de cette guinguette, des gens isolés ou en groupes, épiant d'un regard attentif l'énorme portail noir. Une poterne s'ouvrait. Deux ou trois formes de femmes, pâles, maigres, décharnées, et éblouies par la lumière, apparaissaient soudain, et échangeaient des signes de reconnaissance avec les gens postés en face. Les condamnées libérées et leurs amis pénétraient alors dans le débit de *gin* pour s'embrasser et pour pleurer plus à leur aise ; puis la rue reprenait son calme accoutumé. Parfois, ce n'étaient pas des individus en haillons qui venaient attendre les prisonnières ; l'homme de la boutique prétendait avoir vu des voitures de maître s'arrêter devant le pénitencier, et des jeunes gens bien mis ouvrir leurs bras à une sœur, à une mère peut-être, ravie à leur tendresse longtemps auparavant — oui longtemps, car la justice humaine est lente à pardonner à ceux qu'elle a frappés.

Le matin, cependant, où commence ce récit, les abords de la prison étaient par exception déserts. La pluie continuait à tomber. Le policeman, couvert de sa pèlerine de toile cirée, s'était collé contre le mur pour s'abriter, et le marchand de *gin*, en entendant sonner neuf heures, fit tout haut la remarque « qu'on ne relâcherait personne aujourd'hui ».

Il se trompait. Une femme devait sortir ce matin-là ; une femme bizarre, étrange, véritable énigme pour tous les hôtes de la prison. Elle avait, — disait-on, — refusé le *ticket of leave*[1] ; elle n'avait pas voulu non plus se laisser transférer dans un de ces refuges où les prisonniers bien notés sont admis à passer les neuf derniers mois de leur peine. De mémoire d'homme, cela ne s'était jamais vu. Le registre d'écrou la signalait comme suit : « Numéro 3291, Marthe Ridgway, mariée, âgée de vingt et un ans, lors de sa condamnation ; complicité avec une bande de faux-monnayeurs ; cinq années de travaux forcés. »

Sa conduite, en prison, n'avait cessé d'être exemplaire, et elle eût obtenu facilement sa mise en liberté provisoire. Mais en apprenant qu'il lui faudrait se présenter, à des jours fixés, au bureau de police, elle avait dit qu'elle préférait subir sa peine jusqu'au bout, et les instances du gouverneur et du chapelain, pour modifier

---

1. Liberté provisoire accordée aux condamnés qui se conduisent bien.

ses dispositions, étaient demeurées sans effet. Chose curieuse, du moins de la part d'une prisonnière, elle ne cherchait jamais à se faire passer pour innocente! Si on la pressait sur ce point, elle répondait d'un air résigné qui ne manquait pas d'une certaine grandeur, que sans doute elle était coupable, puisqu'elle avait été condamnée. Rien de plus. Les autorités du pénitencier s'étaient demandé plus d'une fois si c'était une hypocrite ou une victime; généralement, on croyait qu'il y avait quelque chose de mystérieux dans son affaire, et l'on attendait sa mise en liberté avec une vraie curiosité.

A huit heures, la cloche sonna le déjeuner — un morceau de pain et du gruau à l'eau — et, à huit heures et demie, la « gardienne-chef » se dirigea vers la cellule de Marthe Ridgway pour lui annoncer qu'elle était libre. Une « assistante » la suivait, avec un paquet contenant les vêtements que la condamnée avait portés au cours de son procès, cinq ans auparavant. La clef grinça dans la serrure; la porte tourna lourdement sur ses gonds et laissa voir une grille en fer qui fut ouverte à son tour pour livrer passage aux deux femmes. Marthe Ridgway se leva et salua. Elle venait, pour la dernière fois, de balayer sa cellule et d'y tout mettre en ordre : Le matelas était roulé dans un coin; le plancher, le bec de gaz, la table de bois blanc avaient été frottés comme de coutume; l'écuelle et la cuiller d'étain occupaient la place voulue, près du morceau de pain encore intact.

« Eh bien! Ridgway, vous voilà libre, dit la gardienne, d'une voix qu'elle essayait de rendre aimable.

— Merci, madame, fit la condamnée en s'inclinant.

— Vous verrez le gouverneur avant de partir ; il vous remettra l'argent que vous avez gagné en prison. J'espère que vous avez des amis qui s'occuperont de vous.

— Merci, madame, répéta la prisonnière en s'inclinant encore.

— Si vous avez besoin qu'on vous vienne en aide, vous savez qu'il y a une société qui s'occupe de ces sortes d'œuvres. Il faudrait vous y adresser.

Marthe ne répondit rien, et la surveillante se mordit les lèvres. Ce n'était pas une méchante créature; mais l'habitude de voir tout le monde à ses pieds lui faisait regarder presque comme une injure tout ce qui ressemblait à de la dignité ou à de l'indépendance. La réserve, la fierté de Marthe Ridgway la surprenaient et la froissaient. Durant cinq longues années elle avait eu cette femme sous ses ordres, sans jamais réussir à lever un coin du voile qui semblait abriter son passé. Elle regarda Marthe d'un air dur, et reprit tout à coup :

— Où est votre mari ?... car vous êtes mariée, n'est-il pas vrai ? »

La prisonnière pâlit; ses lèvres tremblèrent, et il s'écoula quelques secondes avant qu'elle pût répondre.

— J'étais effectivement mariée en arrivant ici, madame; mais c'est à moi de vous demander ce qu'est devenu mon mari. Peut-être lui aura-t-on refusé l'autorisation de me voir; dans tous les cas, je n'ai pas entendu parler de lui depuis ma condamnation. Êtes-vous mieux renseignée? Vous m'obligerez en me le disant. Je n'aurais pas osé vous faire plus tôt cette question; mais, aujourd'hui, puisque je pars, il ne peut plus y avoir d'inconvénient à tout me dire.

— Si votre mari avait demandé à vous voir, on le lui eût permis.

— Je l'ignorais; les règlements, parfois, sont si bizarres. Ainsi personne ne s'est enquis de moi pendant mon temps de prison?

— Pas que je sache, fit la gardienne, d'un ton moins sec, car elle ressentait de la pitié pour cette malheureuse créature devant qui se déroulait la perspective d'un isolement complet, à une heure où elle aurait eu tant besoin de dévouement et d'affection.

— Je pense, reprit-elle, que vous savez où vous retrouverez votre mari ?

— Non, dit Marthe en agitant tristement la tête, mais je le chercherai et je le trouverai, s'il est vivant.

La gardienne fut sur le point d'insinuer que peut-être le mari de Marthe était en prison, de son côté, sous quelque nom d'emprunt ; un sentiment de délicatesse l'en empêcha. Les manières, le langage de Marthe Ridgway étaient ceux d'une femme bien élevée, et quoiqu'il fût difficile d'admettre qu'elle eût appartenu à la bonne société, puisqu'on l'avait arrêtée au milieu d'une bande de faux-monnayeurs, cependant tout indiquait qu'elle n'avait pas toujours vécu au milieu de criminels. La surveillante n'ajouta plus rien. Elle dit qu'elle reviendrait dans une demi-heure chercher la prisonnière, qui s'habillerait pendant ce temps, et lui indiqua, du doigt, une glace sur le paquet de vêtements, geste qui devait avoir son éloquence et sa valeur, si l'on se souvient que ces sortes d'objets sont prohibés dans les prisons.

Marthe Ridgway se précipita sur le miroir : il était naturel qu'elle eût hâte de voir quel changement cinq années de souffrances avaient pu apporter dans ses traits. Au premier coup d'œil, elle recula. Ses yeux lui semblèrent démesurément élargis ; sa bouche était devenue dure,

anguleuse, à force de ne jamais sourire ; des
rides s'étaient creusées entre les yeux, sous
l'action des sourcils perpétuellement froncés ;
ses cheveux qui étaient tout courts, n'ayant pu
repousser que depuis six mois, achevaient de
donner à sa physionomie une expression de sau-
vagerie plus facile à imaginer qu'à décrire. Singulier système, du reste, que celui qui consiste
à dégrader le prisonnier, à le traiter comme une
bête brute, sous prétexte de détruire en lui toute
vanité, et Marthe Ridgway, après cinq ans de
ce régime, ne pouvait guère, en vérité, s'attendre
à se reconnaître !

A tout prendre, cependant, elle était encore
agréable. Elle avait le visage remarquablement
ovale, des yeux bleus, de belles dents, des cheveux d'un brun superbe, et quand elle se fut
dépouillée du costume de la prison, pour remettre la robe de soie noire qu'elle portait le jour
de son procès, on l'eût presque trouvée jolie.
La transformation, dans tous les cas, fut si sai-
sissante et si complète, qu'en rentrant la gardienne faillit l'appeler « Mrs Ridgway » !

Marthe mettait une paire de gants qu'elle
avait retrouvée au fond d'une poche. Elle regarda la surveillante, sans paraître se douter de
l'impression qu'elle lui causait, et lui demanda
si elle pouvait partir.

« Il faut aller auparavant chercher votre ar-

gent chez le gouverneur, répondit la gardienne.
Et elle invita la jeune femme à la suivre à travers de longs corridors, entre deux rangées de
cellules qui se refermaient sur d'autres malheu-
reuses, pour qui l'heure de la libération n'avait
pas encore sonné.

Le gouverneur fut presque aussi surpris que
la surveillante du bon air qu'avait Marthe Ridgway dans son costume de ville; mais il était
trop pénétré de son importance pour laisser
percer son étonnement. Il fit à la jeune femme
le sermon d'usage, le même qu'il répétait depuis
vingt ans, sans avoir réussi, d'ailleurs, à se convaincre que cette homélie servît à quelque
chose, et finit en lui remettant trois livres deux
shillings, montant de son gain en cinq années.
Alors il lui tendit solennellement la main, et la
conduisit à une porte qui faisait communiquer
son cabinet avec la cour. Toutes les formalités
étaient remplies : dès que neuf heures sonne-
raient, Marthe Ridgway serait libre.

« Adieu, Marthe, fit la gardienne en entendant sonner l'heure réglementaire.

« — Adieu, Mrs Hardy, » répondit la jeune
femme en serrant la main que lui tendait la
surveillante.

Le portier prit dans son trousseau de clefs
celle qui ouvrait la poterne, et, comme Marthe
se retournait pour faire un dernier signe à la

gardienne, elle vit celle-ci qui lui montrait du doigt, l'air grave, un écriteau appliqué contre un mur, sur lequel on lisait, écrit en grosses lettres : « ALLEZ, ET NE PÉCHEZ PLUS ! »

Allez et ne péchez plus ! C'est là une pieuse maxime, qu'il est bien de placer sous l'œil du prisonnier à l'heure de sa libération. Mais qui viendra en aide à la pauvre créature qu'on jette dans la rue, sans parents, sans amis, avec 3 livres 2 shillings pour toute fortune ? Il pleuvait toujours ; la rue était déserte ; une charrette qui vint à passer fit tressaillir la jeune femme, en résonnant sur le pavé, car elle avait perdu même la notion du bruit. Ses oreilles n'étaient plus habituées aux sons du dehors ; elle ne parlait plus qu'à demi-voix, comme ferait une personne ayant vécu longtemps dans une chambre de malade. Les objets les plus ordinaires prenaient à ses yeux d'étranges proportions. A peine pouvait-elle marcher, tant le régime de la cellule avait affaibli ses jambes, et le premier cab qui passa, elle le héla.

« Où allez-vous, madame ? demanda le cocher en descendant de son siége. Vous êtes toute mouillée, et il doit vous tarder d'être rentrée chez vous ; mais ma bête va bon train. »

Marthe était si habituée à s'entendre parler avec raideur, et toujours sur le ton du comman-

dement, que cette question de l'homme eut pour
elle un charme inexprimable. Il y avait longtemps qu'on ne l'avait interpellée ainsi !

« Menez-moi quelque part où je puisse
trouver un *Almanach des Postes* ; j'ai besoin
d'une adresse, dit-elle en montant dans la voiture.

Le cocher répondit qu'on trouverait l'*Almanach* dans le premier café venu et engagea sa
cliente à profiter de l'occasion pour prendre
quelque chose de chaud. Mais elle s'y refusa. Le
gros registre fut apporté dans la voiture, et
quand Marthe Ridgway l'eut feuilleté quelque
temps, elle le remit à l'homme, en lui disant de
la conduire Grosvenor square.

Il y avait loin du pénitencier à ce square aristocratique, et le cheval se mit au petit trot,
comme s'il eût deviné qu'il avait la moitié de
Londres à parcourir.

La pluie continuait à tomber, les rues ressemblaient à des forêts de parapluies ; vus à
travers les glaces de la voiture, hommes et
choses avaient l'air de se mouvoir dans le
brouillard. Mais Marthe Ridgway avait fermé
les yeux et ne regardait rien. Depuis toute une
semaine elle ne dormait plus dans l'attente du
grand jour qui lui rendrait la liberté, et à présent que l'heure si désirée était venue, ses nerfs
se détendaient dans une sorte de torpeur. Si long

que fût le trajet, elle le trouva court et, lorsque la voiture s'arrêta devant la maison où elle avait dit qu'on la menât, il lui sembla qu'elle s'éveillait d'un rêve.

Le cocher sonna à la porte; mais Marthe descendit en même temps, et, quand un domestique vint ouvrir, en maugréant d'être appelé de si bonne heure à remplir ses fonctions d'huissier, ce fut elle qui porta la parole : ·

— Lady Brierley est-elle chez elle?

— Je vais voir, madame. Votre nom, s'il vous plaît.

— Mrs Ridgway.

Le domestique introduisit Marthe dans une pièce d'attente luxueusement meublée, aux murs de laquelle étaient accrochés deux grands portraits : celui d'un petit homme, lourd et trapu, à la mine grincheuse et à la barbe grise, et le portrait d'une belle jeune femme, brune, élégante, qui pouvait bien avoir vingt ans. C'était sir Titus Brierley et sa femme; mais, sans une inscription qui rappelait que ces tableaux étaient « un souvenir de leur mariage », on eût dit un père et sa fille. Marthe avait les yeux fixés sur le portrait de lady Brierley, quand le domestique fit sa rentrée.

« Milady désire savoir ce que vous lui voulez, dit-il.

— Elle ne veut pas me recevoir ?

— « Milady est encore à sa toilette, madame; et votre nom lui est inconnu.

— Alors, veuillez lui dire que sa sœur a besoin de lui parler, répliqua Marthe froidement.

CHAPITRE II

Lady Brierley avait atteint sa trentième année, et commençait à se dire que le temps passe vite. Mariée à vingt ans à sir Titus Brierley, un riche industriel qu'on avait anobli pour le récompenser de s'être trouvé édile lors d'une visite royale, elle n'avait eu d'abord qu'à se féliciter de cette union. Lui, possédait une immense fortune; elle, se livrait à des dépenses folles, sans qu'il lui fît la moindre observation, et pendant cinq ans, tout alla bien, ou à peu près, entre eux. Mais, au bout de ce temps, sir Titus se lassa d'être toujours en butte aux plaisanteries de sa femme pour sa façon de prononcer les *h ;* et, de son côté, milady se prit à regretter de n'avoir pas épousé un poëte. Elle affecta des airs désenchantés; elle dit à ses amies qu'elle avait manqué sa vocation, et elle aurait fini par se faire enlever, un jour ou l'autre, par quelque chercheur d'aventures, si les deux enfants qu'elle avait donnés à sir Titus ne l'avaient retenue au coin de son foyer.

Lorsque Perkins, sa femme de chambre, vint

lui apporter la réponse que Marthe avait faite au valet de pied, lady Brierley prenait son chocolat, enveloppée dans un peignoir garni de dentelle, et lisait le *Morning-post*. Elle sortait du bain ; son visage, qui était expressif et joli, il faut le dire, malgré les airs langoureux qu'elle se donnait, disparaissait presque sous une épaisse couche de poudre à la violette ; ses cheveux venaient d'être artistement peignés et arrangés pour la journée, et elle était dans cet état d'esprit où le moindre dérangement devient insupportable.

— Ma sœur ! s'écria-t-elle. Que dites-vous là, Perkins ? je n'ai eu qu'une sœur, et je la croyais morte !

— Madame peut toujours voir !

— Et si ce n'est qu'une intrigante, qui veuille m'en imposer ?

— Vous vous en apercevrez bien vite.

— Qui sait ? Il y a si longtemps que nous ne nous sommes vues, ma sœur et moi. Enfin, Perkins, faites-la monter ; mais avant, baissez ce store : ce grand jour ne vaut rien pour le teint.

Marthe Ridgway fut introduite. Elle s'arrêta un instant sur le seuil de la porte, cherchant à reconnaître sa sœur au milieu des draperies qui encombraient le sofa sur lequel elle était allongée. Lady Brierley ferma à demi les yeux, et étendit la main.

« Bonjour, Patty, dit-elle; je ne vous connaissais pas sous le nom de Ridgway. Mais qu'êtes-vous devenue depuis cinq ans? Nous vous avons crue morte.

— Hélas! non, répondit Marthe en se laissant tomber dans un fauteuil auprès du canapé.

— Oh! pas de ces mots tristes, je vous en prie, Patty; les émotions me font tant de mal! Votre premier mari est mort, n'est-ce pas, et vous avez fini par vous en consoler, puisque vous vous êtes remariée?

— Je ne me suis pas remariée.

— Alors, comment vous appelez-vous Ridgway?

— Ne vous préoccupez pas de cela, reprit Marthe. Je suis venue vous demander si vous aviez des nouvelles de mon mari, le capitaine Sylvester; il y a plus de cinq ans que je ne l'ai vu.

— Quoi! il vous aurait abandonnée, fit lady Brierley d'un ton qui indiquait, de sa part, plus de curiosité que d'intérêt à l'égard de sa sœur. Qui l'aurait jamais cru? Un homme si distingué, si aimable! Pourtant, vous nous rendrez cette justice que nous avons tout fait pour vous mettre sur vos gardes, avant que vous quittiez la maison pour l'épouser clandestinement. Ma tante vous a prévenue que c'était un aventurier; sir Titus a refusé de le voir; moi-même, j'ai dû

vous faire fermer ma porte. Vous en souvient-il ?

— On n'oublie pas ces choses-là, répondit
Marthe avec un sourire amer.

— Ainsi, il vous a quittée, reprit lady Brierley, que ce genre de conversation semblait intéresser. Mais il ne faut pas toujours se plaindre
de ces choses-là, et, quant à moi, j'avoue qu'une
pareille aventure ne me déplairait pas. Chercher
son mari, courir après lui, le relancer de tous
côtés, combien cela doit rompre la monotonie de
l'existence ! Il y a une femme là-dessous, j'imagine. Ah ! si on m'avait pris un mari que j'aimerais, je m'armerais d'un revolver et, dame!...

— Assez, Louisa, assez de paroles oiseuses,
interrompit Marthe. Qui vous a dit que mon
mari m'avait quittée? L'avez-vous vu, vous a-
t-il écrit, avez-vous entendu parler de lui dans
les journaux ? Voilà ce qu'il m'importe de savoir ; mais je n'ai que faire de vos folles di-
gressions.

— Que de questions, mon Dieu! fit lady
Brierley avec aigreur; et vous avez attendu cinq
années avant de vous inquiéter de la disparition
de votre mari ?

— Je n'ai pas pu m'en occuper plus tôt : j'ai
été enfermée pendant cinq ans !

— Enfermée? répéta lady Brierley en ouvrant
de grands yeux.

— Oui, reprit Marthe, après un instant d'hé-
sitation. J'ai perdu la raison, en me voyant
sans nouvelles de Tom, et l'on m'a mise dans
une maison de fous, où j'ai passé cinq ans. De
fait, c'est ce matin, seulement, que j'en suis
sortie, et je n'ai même plus l'affection de mon
enfant pour me consoler, puisqu'il est mort
tandis que j'étais là.

Lady Brierley s'était levée, pâle, effrayée,
prête à courir à la porte pour appeler au secours.

— Vous avez été dans une maison de fous,
s'écria-t-elle, toute tremblante. Où cela? Qui
vous a soignée? Êtes-vous sûre que vous soyez
guérie?

— On ne m'aurait pas laissé partir, si je
n'avais pas été guérie, fit Marthe en souriant
tristement.

— Effectivement, vous me semblez jouir de
votre raison, reprit lady Brierley en partie ras-
surée par le calme de sa sœur. Je vous plains
bien, Patty. Voulez-vous prendre une tasse
de chocolat, ou un verre de sherry, si vous ne
craignez pas que le vin vous excite ?

— Merci, répondit Marthe, je n'ai besoin de
rien; mais je vous demanderai de me prêter un
peu d'argent, car tout ce que je possède se réduit
à trois livres, le fruit de mon travail dans la
maison de santé.

La physionomie de lady Brierly s'assombrit.
Ses instincts romanesques ne l'empêchaient pas
d'être très-prosaïque, dans les questions d'argent. Elle réfléchit, pourtant, que le meilleur
moyen d'en finir avec Marthe était de lui avancer une petite somme, et elle lui demanda si
dix livres sterling lui suffiraient. Puis, honteuse de lui offrir si peu, elle ajouta qu'elle entendait bien ne pas s'en tenir là, que sir Titus
s'occuperait d'elle, qu'il pourrait, notamment,
l'aider à s'établir quelque part, en Australie si
cela lui convenait. Finalement, elle prit un billet de dix livres dans un petit bureau en marqueterie et le remit à Marthe, en formant
le vœu que cette somme pût lui permettre
d'émigrer, le plus tôt possible, loin de Grosvenor square et de ses environs.

Il est rare qu'entre frères on en vienne à ne
plus s'aimer ; mais, entre sœurs, l'indifférence
dégénère vite en aversion, et lady Brierley avait
toujours été jalouse de Marthe, qu'on trouvait
plus jolie qu'elle.

Marthe murmura quelques mots de remerciement et mettait le billet dans sa poche, quand
Perkins reparut, avec une carte sur un plateau.

« Monsieur Meredith, *my lady*, fit-elle.

« — Ah ! M. Meredith, répéta lady Brierley,
heureuse d'avoir un prétexte pour congédier sa
sœur. Introduisez-le dans le salon. Pardonnez-

moi, Patty ; il faut que je m'habille. M. Meredith est un ami intime de mon mari, et je ne puis me dispenser de le recevoir. Laissez-moi votre adresse, et, si vous retrouvez votre mari, ne manquez pas de m'en prévenir. Au revoir, Perkins vous reconduira jusqu'en bas. »

En même temps, elle s'approcha de sa sœur et la baisa au front.

La voiture de Marthe l'attendait à la porte. Le valet de pied l'aida à y monter et lui demanda où elle voulait se faire conduire. Elle parut surprise et réfléchit quelques instants ; puis, au grand étonnement du domestique, elle donna l'adresse d'une maison située dans le quartier de *Seven Dials*. Le cocher ne fut pas moins abasourdi ; mais il fouetta, et le cab se remit en route, au milieu de la pluie qui redoublait de force.

Bientôt, on arriva à une rue étroite, obscure, dégoûtante, pleine de boutiques de vieux habits et de vieille ferraille. Des gens, presque en guenilles, se montraient aux portes, regardant d'un air étonné cette voiture qui s'aventurait dans leurs parages ; des enfants en haillons jouaient dans le ruisseau.

— Est-ce ici la maison ? demanda le cocher, en montrant avec son fouet une boutique de chiffons qui était certainement la plus sale de toutes.

Marthe fit un signe de tête affirmatif, et descendit.

Le cocher semblait n'y rien comprendre, et son étonnement s'accrut quand la jeune femme, tirant un souverain de sa poche, le pria de se payer et de lui rendre sa monnaie.

— Une jeune dame comme vous ne va pas rester ici toute seule, dit-il. J'aimerais mieux vous attendre pour rien que de vous abandonner dans un quartier pareil.

— Merci, répondit Marthe, mais je n'ai rien à craindre. Et elle entra dans la boutique avec une assurance qui mit le comble à l'ébahissement de son automédon.

Un homme de soixante ans, à l'œil chassieux et à la barbe inculte, avec une pipe en terre à la bouche, pesait, derrière un comptoir, un énorme tas de chiffons. Il avait tourné la tête en entendant le cab, et, en apercevant Mrs Ridgway, il la regarda fixement. Elle, devint très-pâle; puis elle dit d'une voix ferme :

« Me reconnaissez-vous, Mr Grummy ?

— Comment Mrs Ridgway, c'est vous, répondit l'homme en se penchant sur son comptoir pour voir de plus près la jeune femme. Donnez votre petite main que je la serre. Eh bien ! on n'a pas été trop dur pour vous à la prison, à ce qu'il paraît ?

— Laissez-moi m'asseoir, dit Marthe en cherchant une chaise.

— Tenez, voici un tabouret, ma chère petite,

reprit M. Grummy avec un empressement qui n'avait rien que de sincère. Voulez-vous prendre quelque chose? Un grog chaud vous ferait du bien..Cinq ans de travaux forcés, à une pauvre créature qui était innocente comme l'enfant qui vient de naître! Car enfin, vous ne pouviez pas savoir que c'étaient des pièces fausses qu'on vous donnait. Ma foi ! j'en ai pleuré quand je vous ai vue devant le juge.

— Et mon mari? demanda Marthe, qui était visiblement impressionnée par les souvenirs que lui rappelait la boutique.

Le chiffonnier tenait une main en l'air, pour saisir une bouteille de *gin* posée auprès d'un verre, sur une planche. Il la laissa tomber d'un air surpris.

— Ah! çà, vous ne savez donc pas? fit-il.

— Quoi? dit Marthe, d'une voix anxieuse.

— Mais Tom Ridgway est mort, ma pauvre enfant, reprit l'homme, mort il y a longtemps, vers l'époque, ce me semble, où vous fûtes arrêtée.

La jeune femme tomba évanouie sur le sol.

CHAPITRE III

Une semaine plus tard, Marthe était installée,
sous le nom de Sylvester, dans une maison de
Vincent-Square. Le hasard seul, du reste, —
un peu aussi M. Grummy, — l'avait amenée
dans ce quartier. Le vieux marchand de chiffons
admirait beaucoup la jeune femme, qui avait refusé de « parler » devant la Cour ; et, quand
elle fut revenue à elle, après son évanouisse-
ment, il lui fit ses offres de service. Marthe lui
dit qu'elle n'avait pas d'amis, qu'elle possédait
fort peu d'argent, mais qu'elle tâcherait de
trouver de l'ouvrage. M. Grummy répondit
qu'avant de chercher du travail, il fallait, tout
d'abord, songer à se loger ; et, comme on ne
peut pas prendre un appartement , voire
une simple chambre, sans apporter au moins
une malle avec soi, il l'engagea à commencer par
s'acheter quelques objets de toilette.

Bref, M. Grummy s'étant mis en campagne
chez les marchands d'habits, ses voisins, réussit à grouper, pour quatre livres dix schillings
les éléments d'un porte-manteau présentable, et

les revendit cinq livres à Marthe — une façon
à lui de faire une bonne action, tout en servant
ses propres intérêts.

Marthe se félicitait d'avoir le chiffonnier pour
la guider. Elle manquait d'expérience, et, livrée
à elle-même, dans ce grand Londres, elle se fût
sentie aussi désorientée qu'un enfant. Il fallut
que M. Grummy lui dît ce que coûtait une
chambre, le quartier qu'elle devait habiter, la
façon dont elle devrait se nourrir, enfin ces
mille détails dont l'ensemble constitue ce qu'on
appelle « la vie ». Il refusa, toutefois, de choisir
son logement, cela pour des raisons qui, faute
d'autres mérites, avaient du moins celui de la
franchise.

« Les seules maisons, dit-il, où je pourrais
vous recommander, sont celles où habitent
mes amis; or je les connais trop pour vouloir
vous rapprocher d'eux. Ce que vous avez de
mieux à faire, c'est de monter dans une voiture
et de dire au cocher que vous cherchez une
chambre. Vous avez l'air d'une honnête femme :
il vous conduira aux bons endroits. Donnez-
moi votre adresse, dès que vous serez casée,
et, si vous avez besoin de quelque chose, une
robe, un manteau, n'importe quoi, rappelez-vous
que je puis tout avoir au prix de fabrique. »

Mrs Ridgway monta dans un cab qui la dé-
posa Vincent-Square, devant une maison d'exté-

rieur modeste, mais convenable, que tenait une jeune veuve nommée Mrs Tibbet. Le prix du logement et de la pension fut arrêté à trente shillings par semaine, et un certain Simon Mac Isaacs acheva de tout arranger en se portant garant de l'honorabilité de Mrs Sylvester, « laquelle, écrivit-il à la propriétaire, avait été institutrice chez feu son frère. » Ce M. Isaacs, soit dit incidemment, était un marchand de bric-à-brac, grand ami de Grummy, qui faisait profession de donner, moyennant salaire, des renseignements sur les personnes que « des circonstances particulières » empêchaient d'aller chercher ailleurs des répondants.

La chambre de Marthe était bien éclairée ; elle donnait sur le square où, plusieurs fois par jour, les enfants des écoles du quartier de Westminster venaient jouer au cricket, et pendant plus de huit jours, l'ex-prisonnière n'en bougea pas. Elle passait tout son temps assise près de la fenêtre, regardant les voitures, les charrettes, les passants, avec un étonnement d'enfant. Les arbres, les oiseaux, le ciel bleu, le soleil, tout cela était nouveau pour elle, après tant d'années de réclusion, et elle ne se lassait point de ce spectacle.

La certitude qu'elle avait acquise que son mari était mort depuis longtemps la laissait dans une sorte de douce mélancolie. Elle s'attendait

à cette nouvelle, et c'était, en outre, un soula-
gement pour sa pensée que de pouvoir se dire
qu'il ne l'avait pas abandonnée de gaieté de
cœur. Puis, par quelles émotions, et par quelles
fatigues sans nombre elle eût eu à passer, s'il
lui avait fallu se mettre à sa recherche et découvrir pourquoi il l'avait quittée! Aujourd'hui,
il ne lui restait plus qu'à s'enquérir du lieu où
il était mort et à aller verser sur sa tombe des
larmes d'oubli et de pardon, en mémoire de tout
ce qu'elle avait souffert à cause de lui. Déjà
elle avait demandé au chiffonnier où on avait
enterré Tom Ridgway; mais il n'avait pu lui
fournir la moindre indication à ce sujet.

Mrs Tibbet, propriétaire de Marthe, était une
de ces femmes qui ne s'inquiètent pas de ce que
font leurs locataires, pourvu qu'elles soient payées
régulièrement. C'était une grosse personne de
vingt-cinq ans, rouge, bouffie, et mère de cinq
enfants. Elle passait sa journée à courir d'étage
en étage pour s'assurer que tout était en ordre
dans ses chambres; et il lui restait, partant, peu
de loisirs, pour s'occuper des faits et gestes de
ses clients. Parfois, c'était elle qui servait Marthe à table; et elle profitait de ces occasions-là
pour lui parler de son frère, M. Harker, qui
vivait avec elle. Car la crainte qu'on ne pût se
méprendre sur son compte, en la voyant toute
seule avec autant d'enfants, était, en dehors du

souci de son ménage, son unique préoccupation,

— Mon frère, M. Harker, va revenir bientôt, madame, disait-elle ; mais il voyage souvent... pour des maisons de commerce. C'est comme cela qu'il gagne sa vie, et qu'il m'aide à élever ma famille.

Marthe ne ressentait aucune curiosité à l'endroit de M. Harker ; mais à force d'en entendre parler, elle se demanda quel genre d'homme c'était, et quel intérêt sa sœur pouvait avoir à parler de ses absences et à les excuser.

Une après-midi, comme elle était à coudre auprès de la fenêtre, un grand gaillard, vigoureux, bien portant, aux cheveux et aux favoris rouges, tourna le coin de la rue et traversa le square, allant vers la maison de Mrs Tibbet. Il paraissait avoir trente ans et marchait d'un pas leste, en tenant à la main un sac de voyage. En approchant, il releva la tête avec l'air satisfait de l'homme qui rentre chez lui, et Marthe put le voir à son aise. Elle devina que cet individu était M. Harker et il lui sembla, en même temps, qu'elle l'avait déjà vu quelque part.

Pendant qu'elle interrogeait sa mémoire, où tout se trouvait vague et confus, le voyageur avait ouvert la porte de la rue et s'était précipité dans la cuisine, en descendant les marches quatre à quatre. C'était un bon vivant, toujours gai et content, l'opposé de sa sœur, pour tout dire d'un mot. Son rire faisait plaisir à entendre. Il aimait les enfants, les femmes, les animaux, tout ce qui est innocent et faible, et ses retours à Londres étaient des jours de fête pour ceux qui l'entouraient. Il commença par embrasser Mrs Tibbet, puis les six enfants l'un après l'autre, et prit le dernier né sur ses genoux, un bébé de neuf mois qu'il adorait.

— J'espère que vous êtes ici pour quelque temps, Ned, fit Mrs Tibbet, tout en se demandant si le locataire du premier aurait bien son dîner à l'heure dite. Mes comptes sont mal tenus, lorsque vous n'êtes pas là.

— Nous les mettrons en ordre, dit M. Harker en riant avec l'enfant qu'il tenait dans ses bras. Mais, en attendant, vous ne devez pas vous plaindre, car votre second étage est loué, n'est-il pas vrai ? J'ai vu cela en traversant le square.

— Oui, loué à une jeune veuve, à une Mrs Sylvester. Elle a été institutrice, et attend qu'on lui trouve une place.

— Vous avez eu de bons renseignements à son sujet ?

— Un M. Isaacs, qui habite Lambeth Road, m'en a donné de parfaits. Voulez-vous voir sa lettre ?

M. Harker tressaillit. Il alla à sa sœur, lui mit l'enfant dans les bras, aussi précipitamment qu'il eût fait d'un paquet, et courut à la porte.

— Ah çà, qu'avez-vous donc ? demanda Mrs Tibbet.

— J'ai que je veux savoir quelle est cette locataire que Mac Isaacs vous a adressée, répondit M. Harker d'un air grave ; car j'ai trop peu de confiance en lui, pour faire le moindre cas de ses recommandations.

Et il s'élança dans l'escalier, comme s'il eût trouvé qu'il n'y avait pas de temps à perdre.

CHAPITRE IV

EDWARD HARKER

M. Harker frappa à la porte de Marthe, et entra sans lui laisser le temps de répondre. Elle leva les yeux de dessus son ouvrage, et le regarda d'un œil inquiet. Lui, de son côté, l'examinait attentivement. Tous deux se souvenaient de s'être vus quelque part. La jeune femse sentit trembler.

— Je suis M. Harker, dit le frère de Mrs Tibbet en s'inclinant. J'espère que ma sœur a eu bon soin de vous ?

— Je vous remercie, fit-elle. J'ai tout ce qu'il me faut.

— Vous connaissez, je crois, un vieil ami à moi, M. Mac Isaacs, ajouta M. Harker en se rapprochant de Marthe pour pouvoir mieux épier le jeu de ses traits.

— Oui... balbutia Marthe, dont l'émotion paralysait la voix.

— Un charmant homme, n'est-ce pas ? reprit M. Harker sur un ton ironique. A-t-il encore des accès de goutte ?

— Il y a quelque temps que je ne l'ai vu,

répondit la jeune femme, qui devinait qu'on
voulait l'attirer dans un piége.

— Vous avez été institutrice dans sa famille ?

Marthe fit un signe de tête affirmatif et
M. Harker sourit, d'un rire étrange, en conti-
nuant à la dévisager.

— Avez-vous d'autres amis à Londres ?
reprit-il tout à coup. Il est d'usage de désigner
deux répondants, quand on vient habiter une
maison meublée,

— J'ai ma sœur, fit Marthe, que l'émotion
empêchait de peser ses réponses.

— Ah ! vous avez une sœur ?

— Oui, lady Brierley, Grosvenor square.

— La femme de sir Titus Brierley ?

— Elle-même.

Edward Harker semblait avoir l'habitude de
dissimuler ses impressions. La dernière réponse
de la jeune femme lui causa, cependant, une
telle surprise, qu'il ne put se défendre d'un geste
d'étonnement. Il marmotta quelques mots d'ex-
cuse, jeta un dernier regard sur Marthe et sortit.
Mais à peine eut-il fermé la porte, qu'il se mit à
genoux, colla son œil sur le trou de la serrure
et examina sa locataire : Marthe semblait agitée ; elle était debout, et portait sa main à son
front comme quelqu'un qui cherche à faire revi-
vre un souvenir confus.

— Que diable tout cela veut-il dire ? songea

M. Harker. Je jurerais que j'ai vu cette femme sur le banc des assises, à Old Bailey [1] et pourtant... cette sœur... Allons ! il faut que j'éclaircisse ce mystère.

Il descendit doucement l'escalier, rentra dans la cuisine, y prit son chapeau ; et comme, au même instant, sa sœur venait lui dire que le thé était prêt, il prétexta, selon son habitude, une affaire pressante et sortit, emportant la lettre d'Isaacs.

Une demi-heure plus tard, il arrivait Grosvenor square et demandait à voir Titus Brierley.

Sir Titus n'était pas chez lui, mais lady Brierley revenait de la promenade.

— Remettez-lui ma carte, fit Edward Harker, et veuillez ajouter que j'attends sa réponse.

La carte portait ces mots :

INSPECTEUR   HARKER

Bureau des detectives

Scotland yard [2].

Au bas était écrit au crayon : *De la part de Mrs Sylvester*.

1. L'un des tribunaux de Londres.
2. Siège central de l'administration de la police à Londres.

Quelques instants plus tard, il était en présence de lady Brierley.

— Eh bien! qu'y a-t-il encore? demanda my-lady toute troublée. Mrs Sylvester a-t-elle eu un nouvel accès?

— Mrs Sylvester a loué une chambre chez moi, et m'a dit que je pouvais me renseigner sur elle auprès de vous, répondit le detective, assez embarrassé par cette entrée en matière.

— C'est tout? reprit lady Brierley en poussant un soupir d'allégement. Eh bien! vous m'avez fait grand peur! Je croyais que vous veniez me prévenir qu'il avait fallu la ramener à sa maison de fous.

— Ainsi, elle est vraiment votre sœur, reprit M. Harker, qui avait recouvré toute sa présence d'esprit.

— Mon Dieu, oui! J'étais sans nouvelles d'elle depuis cinq ans, et nous la croyions morte, lorsqu'elle m'est arrivée, l'autre matin, disant qu'elle était devenue folle à la suite de chagrins, et qu'on l'avait mise dans une maison de santé. Je suis bien aise qu'elle soit auprès de vous; appartenant à la police, vous pourrez la surveiller plus facilement.

M. Harker sentit qu'il se trouvait en face d'un mystère qui, loin de s'éclaircir, se compliquait; mais c'était dans ces occasions-là qu'il conservait le mieux son sang-froid. Lady Brierley mit fin à l'entrevue en fouillant dans sa poche, comme pour y prendre sa bourse ; d'un geste significatif, il l'arrêta, salua, et se retira.

— Ce n'est pas dans une maison de santé, se dit-il, une fois dehors, que j'ai vu cette Mrs Sylvester. C'est devant une cour d'assises ; j'en suis certain. Mais comment aurait-elle une sœur si bien posée, qui ignorerait, en outre, complétement son affaire ?

Il prit un omnibus, qui conduisait dans Lambeth road.

Edward Harker, il est bon qu'on le sache, était un des membres les plus réputés du corps des detectives. Non qu'il eût souvent de ces inspirations qui permettent à un homme de pénétrer, comme d'instinct, les secrets les plus obscurs ; mais il était doué d'une patience, d'une logique et d'une énergie remarquables. Personne, mieux que lui, ne savait suivre une piste. Personne n'apportait plus d'honnêteté dans l'exercice de ses fonctions. Lorsqu'il lui arrivait de se tromper, il le reconnaissait loyalement ; et, s'il éprouvait une satisfaction réelle à déjouer les plans des criminels, il ne se laissait jamais aller à arrêter qui que ce soit à la légère, ce qui, malheureusement, n'est pas toujours le cas avec les gens de sa profession.

Il atteignit Lambeth road, et quitta l'omnibus

en face d'une boutique de bric à brac, au-dessus de laquelle on lisait en grosses lettres :

SIMON MAC ISAACS

Achat de matières d'or et d'argent.

L'homme ainsi désigné essayait une chaîne d'or avec la pierre de touche, quand il entra. Il était petit, pouvait avoir vingt-huit ans et paraissait intelligent, pour ne pas dire fin et rusé.

— Vous finirez par vous attirer des désagréments, Mr Isaacs, dit le detective sans autre préambule, en vous portant garant de la moralité de gens que vous ne connaissez pas. Et, en attendant, lorsque vous écrirez qu'une jeune femme a été institutrice chez votre frère, vous ferez bien de vous faire voir à elle, auparavant, pour ne pas l'exposer à vous représenter comme un vieillard et un goutteux.

Mac Isaacs fit la grimace, car il connaissait bien le detective.

— De qui voulez-vous parler, Mr Harker ? demanda-t-il.

— D'une Mrs Sylvester, qui loge dans ma maison.

— Ah ! oui, fit Isaacs. C'est une Mrs Tibbet qui m'a écrit, n'est-ce pas, pour demander des renseignements ?

— Parfaitement. C'est ma sœur.

— Je ne pouvais pas le deviner, Mr Harker, répondit l'autre, assez confus. Mais, puisque c'est comme ça, je vous dirai tout. La jeune femme que j'ai recommandée est une nommée Marthe Ridgway, condamnée à cinq ans de travaux forcés, par la cour d'Old Bailey, pour faux monnayage.

— Je m'en doutais, fit M. Harker; puis, il ajouta d'une voix irritée : Savez-vous que c'est infâme à vous d'envoyer des créatures de cette espèce dans une maison honnête. Si celle-là avait tué ma sœur pour la voler ensuite, c'eût été de votre faute. Ne gagnez-vous donc pas assez d'argent à acheter des objets volés?

— J'ai fait cela pour obliger mon vieil ami Reuben Grummy, de *Seven Dials*. Encore m'a-t-il juré que cette Mrs Ridgway avait été punie injustement.

— Injustement! Vous avez cru cela?

Mac Isaacs s'approcha du detective, et lui dit à voix basse :

— C'est un cas tout à fait exceptionnel, Mr Harker, d'après Grummy du moins. Il paraît que cette femme passait les faux billets et les faux souverains, sans se douter qu'ils ne valussent rien. Lorsqu'on l'a arrêtée, elle s'est tue de peur de compromettre son mari, et, naturellement, elle fut condamnée. Ce mari

était-il un complice ou un intermédiaire incon-
scient, comme sa femme? Je n'en sais rien. Mais
son cas ne me semble pas clair, et j'imagine même qu'un certain Slippery Dick, qu'on
n'a pas revu depuis longtemps, a dû l'assas-
siner.

— Slippery Dick, de Witechapel [1]? On est à
sa recherche pour une autre affaire, dit le detective qui paraissait vivement intéressé.

— Cela se peut, mais vous aurez de la peine
à lui mettre la main dessus, reprit Mac Isaacs,
qui n'avait qu'une foi limitée dans l'habileté
de la police. Quant à Mrs Ridgway, vous
pouvez être sûr que Grummy m'a dit la vérité;
il ne me tromperait pas, moi.

Edward Harker ne répondit rien. Il avait
rencontré tant de fois, dans sa carrière, la vertu
à côté du crime, qu'il était disposé à tout
admettre. Jamais, au reste, il ne rejetait une
opinion, de parti pris, de peur d'en venir à
soupçonner un innocent. Mais, que Marthe
Ridgway fût coupable ou non, elle n'en sortait
pas moins de prison et il ne pouvait pas, lui,
agent de la police, souffrir qu'elle habitât dans
sa maison.

Il ne chercha pas, d'ailleurs, à en savoir plus
long à son sujet. Certes, il trouvait étrange

1. Quartier mal famé de Londres.

qu'elle pût avoir pour sœur la femme d'un gen-
tilhomme; il ne comprenait pas davantage que
lady Brierley pût croire aux cinq années passées
dans une maison de santé, pour cause de folie;
mais il n'entrait pas dans ses habitudes de
chercher des énigmes par pure curiosité. Ce
qu'il savait lui suffisait pour le déterminer à se
débarrasser de sa locataire, et il reprit, dans ce
but, la route de Vincent square.

Mais pourquoi était-il donc pensif? Pourquoi
marchait-il si lentement, lui qui avait toujours
une allure si rapide? Se sentait-il pris de pitié
pour l'ex-détenue? Non. Quiconque était tombé
sous le coup de la loi était marqué pour lui
d'une tache ineffaçable, et ne méritait aucune
sympathie. Mais ce visage si triste, ces grands
yeux doux de Marthe Ridgway qu'il allait revoir
dans quelques instants?.. Il pressa le pas; il
secoua la tête, comme pour en chasser l'image
de la jeune femme. Efforts inutiles! La pâle
figure demeurait devant lui.

En arrivant, toutefois, la vue de sa sœur et
des enfants le rappela au sentiment de ses
devoirs et il monta, sans plus tarder, à la
chambre occupée par Marthe.

— Mrs Sylvester, dit-il d'un ton contraint,
vous vous êtes introduite ici sous un faux
nom. Vous vous appelez Marthe Ridgway.

— Alors, vous savez tout, fit Marthe d'une

voix tremblante. Mais j'ai subi ma peine, et n'ai pas fait de mal depuis que je suis ici.

— Vous n'en devez pas moins quitter cette maison.

— Pourquoi cela?... fit Marthe, qui semblait plus étonnée qu'irritée de cette façon brutale de lui donner congé.

La question était embarrassante. Du moins, le detective ne trouva-t-il rien à y répondre. Il lui répugnait de lui dire qu'il ne voulait pas demeurer sous le même toit qu'une ex-condamnée. Il eût rougi de prétexter qu'il avait peur d'elle. Elle paraissait si malheureuse et si inoffensive! Elle avait dit si simplement que, puisqu'elle avait subi sa peine, elle ne s'expliquait pas qu'on pût encore lui rien reprocher!

—Étiez-vous coupable? dit tout à coup Edward Harker, en la regardant dans le blanc des yeux.

— Vous n'avez pas le droit de me demander cela, fit-elle en relevant la tête. Puisque j'ai été condamnée, vous ne pouvez pas me croire innocente.

— Si vous n'étiez pas coupable, dites-le moi, reprit le detective, aux prises avec une émotion qu'il ne s'expliquait pas. N'avez-vous pas un enfant à qui vous désiriez transmettre un nom réhabilité?

— Mon enfant est mort pendant que j'étais en prison, répondit Marthe d'une voix tremblante. Je vous répète que je ne puis pas vous répondre; mais je m'en irai dès que vous voudrez.

— Cela n'est pas pressé... nous en reparlerons, balbutia Edward Harker. Et il sortit de la chambre avant que la jeune femme eût pu le remercier, — si tant est qu'elle songea à lui dire merci.

CHAPITRE V

Le lendemain s'écoula sans que Edward Harker revît Marthe; mais le souvenir de la jeune femme ne cessa pas de l'occuper.

Depuis son entrée dans la police secrète, il était abonné à un journal qu'il collectionnait, mois par mois, pour retrouver plus facilement les comptes rendus des tribunaux. Or, Mac Isaacs lui avait dit que Mrs Ridgway était sortie de prison depuis huit jours à peine et que son affaire remontait à cinq ans. Il eut donc vite mis la main sur le paragraphe suivant, résumant le procès de sa locataire :

COUR CRIMINELLE CENTRALE

Présidence du juge Cobwige

« *Marthe Ridgway, âgée de vingt et un ans, accusée d'avoir fabriqué et fait circuler de la fausse monnaie.* — Cette affaire a présenté peu d'intérêt. Il résulte des débats que l'accusée, étant entrée chez un pâtissier, lui a remis en payement une pièce d'or fausse. L'homme eut des soupçons, appela un *policeman*, et la fit

suivre. On la vit alors entrer dans d'autres boutiques, où elle paya encore en monnaie de mauvais aloi; puis elle se rendit dans *Seven Dials*,
chez un vieux chiffonnier nommé Reuben
Grummy, qui louait une mansarde à un individu
mal famé, connu sous le sobriquet de Slippery
Dick. Dans cette pièce, on découvrit tout un at-
tirail d'instruments servant à la fabrication de
la monnaie; et quand Marthe Ridgway fut arrêtée, on trouva sur elle des souverains et des
billets de banque qui, après examen, furent reconnus faux. Grummy fut appréhendé, lui aussi,
puis relâché, faute de preuves suffisantes de sa
complicité. L'accusée a refusé de se défendre.
Elle a l'air bien élevé, et sa tenue à l'audience a
été bonne.

« Le verdict du jury a été négatif sur le fait
de la fabrication, et affirmatif sur celui de la
mise en circulation de la monnaie. En condam-
nant Marthe Ridgway à cinq années de travaux
forcés, le juge a déclaré qu'il était convaincu
qu'elle n'était pas la seule coupable, et il a ex-
primé le regret qu'elle n'eût pas cru devoir,
dans son propre intérêt, faire connaître les noms
de ses complices. »

Le journal ne disait rien de plus. Pas un mot
des témoins appelés par l'accusation, pas un mot
du mari de Marthe. Edward Harker chercha

dans d'autres journaux; il y trouva les inter-
rogatoires de Marthe et de Grummy, mais cela
ne lui apprit pas grand'chose.

Reuben Grummy avait loué sa mansarde à
Slippery Dick ; celui-ci se disait graveur et
travaillait souvent dans la maison du chiffonnier, tout en demeurant ailleurs. Ce Dick
amenait parfois des amis avec lui, sous prétexte qu'ils l'aidaient dans son travail ; et, un
jour, il entra, accompagné d'une dame et
d'un monsieur qu'il appela devant Grummy
le « capitaine Tom Ridgway ». Peu après, M^{rs}
Ridgway fut arrêtée ; c'était tout ce qu'avait
dit le marchand de chiffons. Des voisins de
celui-ci avaient déposé que, le jour de l'arrestation de Marthe, Slippery Dick et le capitaine
Ridgway étaient allés à la mansarde; puis qu'ils
s'étaient enfuis à toutes jambes, en apprenant
que leur complice était entre les mains de la
police. Un témoin, cependant, avait affirmé que
Ridgway paraissait marcher à contre-cœur et
que son compagnon semblait le menacer, pour
l'obliger à le suivre.

Telles étaient les seules données d'après lesquelles Edward Harker pouvait refaire l'histoire de Marthe. Il ne manqua pas de remarquer
que Slippery Dick avait fait des menaces à Tom
Ridgway pour le décider à fuir, et il en conclut
que Marthe et son mari devaient avoir été, dans

une certaine mesure, les dupes et les victimes de
cet individu. Tom, en apprenant l'arrestation de
sa femme, avait voulu la sauver ou partager son
sort ; Slippery Dick, redoutant les révélations
de son complice, l'avait retenu et l'avait tué plus
tard, sans doute. Mais alors, comment Dick
pouvait-il être sûr que, livrée à elle-même,
Marthe ne révélerait rien? Cette certitude, qui
ressortait de sa conduite, indiquait de sa part
une sorte de respect pour la jeune femme. Or,
les criminels de profession ne respectent que
deux choses : l'entêtement quasi-bestial qu'en-
gendre la pratique du mal, et la force d'âme qui
naît de la vertu. Donc, ou Marthe Ridgway était
une endurcie qui s'était tue de peur de mettre la
justice sur la piste d'autres méfaits commis par
elle : ou bien c'était une innocente, que l'amour
avait poussée au plus héroïque des sacrifices.
Un homme d'expérience comme l'inspecteur
Harker aurait pu écarter cette seconde hypo-
thèse et s'en tenir à la première ; l'air ingénu
de Marthe le fit pencher plutôt vers cette dernière supposition.

Mais en quoi toutes ces déductions pouvaient-
elles servir au detective ? Il ne pouvait pas
avoir l'espoir d'arriver à prouver l'innocence
de Marthe, lors même qu'il en eût eu le désir.
Slippery Dick, qui aurait pu faire des aveux,
s'il avait été en prison, était vainement re-

cherché, depuis longtemps, par la police ; et,
quant à tâcher de retrouver tous les témoins qui
avaient figuré dans le procès de Marthe, c'était
là une besogne au-dessus des forces et des
moyens d'un homme aussi occupé que Edward
Harker. A tout hasard, il alla voir Grummy,
qui, bien que d'ordinaire peu communicatif, se
laissa aller volontiers à causer de Mrs Ridgway. Il affirma qu'elle était innocente, et
donna quelques renseignements sur son mari :
un bel homme, disait-il, élégant, bien élevé, un
peu dépensier peut-être et faible de caractère,
mais *gentleman* jusqu'au bout des ongles. Interrogé par M. Harker sur le point de savoir
comment il était sûr que Tom Ridgway fût
mort, il ne répondit rien de précis. Il l'avait entendu dire à diverses personnes et, comme il ne
l'avait jamais revu, il avait cru la nouvelle
exacte. Dick, ajouta-t-il, pourrait bien l'avoir
« expédié ».

Evidemment, Marthe était seule à même de
fournir des renseignements capables d'éclaircir
le mystère qui l'entourait, et elle refusait de
parler ! Après avoir repassé toutes ces choses
dans sa tête, deux jours durant, le detective finit
par se reprocher le mouvement de sentimentalité
qui l'avait poussé à garder sous son toit une
pensionnaire aussi compromettante. C'était la
candeur de la jeune femme, demandant pourquoi

on la chasserait, qui l'avait ému. Mais le cœur
est souvent un mauvais conseiller, songea
M. Harker, tandis qu'il jouait dans la cuisine
avec son Benjamin. Et il se décida à signifier à
Marthe qu'il ne pouvait plus la garder chez lui, à
moins qu'elle ne lui fît une confession complète.

Cet ultimatum devait être posé à l'issue du
déjeuner, et l'honnête detective en formulait, à
part lui, toutes les clauses, pour mieux se les rappeler, l'heure venue, quand la voix de Mrs Sylvester se fit entendre au haut de l'escalier.

— Mrs Tibbet !

— C'est *la* locataire, dit celle-ci à son frère.
Oui, madame, je viens.

— Ne vous dérangez pas. Je veux seulement
vous prévenir que je ne dînerai pas ce soir à
la maison. Mr Harker est-il ici ?

— Me voilà, Mrs Sylvester, répondit le detective, qui se mit en même temps à monter l'escalier.

Marthe était habillée pour sortir. Le temps
était superbe, et les rayons de soleil, qui per-
çaient la fenêtre, rehaussaient encore la beauté
de la jeune femme, en donnant à ses traits un
éclat inaccoutumé. Elle avait, d'ailleurs, embelli
depuis sa sortie de prison. Un régime meilleur,
la distraction, le grand air, la vie libre, en un
mot, lui avaient rendu un peu d'embonpoint et de
fraîcheur. Harker, qui ne l'avait jamais vue en
pleine lumière, la trouva jolie, très-jolie même :

ses yeux, surtout, étaient si expressifs! Il devina, à son attitude, qu'elle voulait lui parler et, sans attendre qu'elle le lui demandât, il la conduisit à son cabinet de travail, pour que personne ne vînt les déranger.

— J'ai eu une conversation avec votre sœur, hier, dit Marthe en le regardant d'un air grave. Il paraît que vous êtes detective?

Harker inclina la tête.

— J'en suis bien aise, pour deux raisons, continua Marthe. Et elle fit une pause

— Lesquelles? demanda l'inspecteur.

— D'abord, parce que je serai plus en sûreté ici qu'ailleurs, dans le cas où je me trouverais en butte aux obsessions de l'une ou de l'autre de mes anciennes compagnes. Ensuite, parce qu'il me semble que vous pourrez m'aider à retrouver mon mari !

— Mais il est mort !

— Je ne m'en sens pas sûre, et je voudrais savoir, dans tous les cas, où il est enterré.

— Ce sont là des recherches qui vous coûteront beaucoup d'argent et de temps.

— Qu'importe?

Marthe, durant ce dialogue, avait paru très-calme. En faisant allusion à la sécurité dont elle jouirait dans la maison du detective, elle n'avait pas eu l'air de mettre en doute qu'il acceptât de continuer à lui donner l'hospitalité.

Cela le mit mal à son aise; il toussa pour reprendre contenance; il songea à son ultimatum; mais comment commencer ?

— Mrs Sylvester, dit-il enfin, il faut que nous ayons une explication. Vous ne paraissez pas comprendre dans quel embarras vous me mettez. Je crois, je veux croire du moins, que vous avez été condamnée à tort; mais tout le monde n'est pas tenu à partager cette impression, et votre présence ici me compromet, si vous ne me mettez pas à même d'établir manifestement votre innocence.

— Vous craignez que vos camarades ne vous reprochent de m'avoir reçue chez vous ? fit Marthe.

Elle semblait étonnée des scrupules de l'inspecteur.

— Non-seulement mes camarades, mais mes chefs, répondit le detective, qui, en voyant combien la jeune femme se rendait peu compte de sa situation, se demanda intérieurement si elle jouissait bien de toutes ses facultés. Il savait, en effet, mieux que personne, qu'on ne passe pas impunément par cinq années de réclusion et d'isolement.

Cette pensée le troubla. Si Marthe Ridgway n'avait plus toute sa tête, si elle avait perdu la mémoire, alors il devenait facile de s'expliquer son attitude. Il voulut s'en assurer sur-le-champ.

— Vous dites que vous voulez savoir comment

votre mari est mort, reprit-il, et connaître l'endroit où on l'a enterré. Avez-vous eu, au moins, l'idée d'aller vous enquérir de lui, là où vous résidiez à l'époque de votre arrestation. Vous n'habitiez pas chez Grummy?

— Non : nous demeurions dans un hôtel. Mais j'en ai oublié le nom.

— Oublié?

— Oui; nous arrivions de voyage et nous n'étions à Londres que depuis peu de jours, quand je fus prise. Tout ce que je sais c'est que, dans l'intervalle, nous avons changé deux fois de logement, et que notre dernier hôtel était situé dans la Cité.

— Mais vous avez dû y laisser des bagages?

— Très-peu de choses, dit Marthe, qui cherchait évidemment à réunir ses souvenirs. Tom — mon mari — avait beaucoup perdu aux courses, en province, et la plus grande partie de ses affaires et des miennes avait été vendue pour payer ses paris. Il disait qu'il m'achèterait une nouvelle garde-robe dès qu'il aurait de l'argent; mais il n'eut pas le temps de tenir sa promesse.

— Voyons, Mrs Sylvester, pourquoi me raconter des histoires? Soyez donc franche. Je pourrais vous être très-utile, si vous me témoigniez plus de confiance.

Il y eut un instant de silence, et Marthe fronça les sourcils.

— Je suis prête à vous dire toute ma vie, du moins tout ce dont je me souviens, reprit-elle en faisant un effort sur elle-même.

— Quand cela; maintenant? reprit le detective qui la prenait au mot.

— Non; pas en ce moment. Je veux aller dans différents cimetières, voir si le nom de mon mari ne figure pas parmi ceux des gens enterrés dans les cinq dernières années.

— Voilà qui prouve du bon sens, songea Harker à part lui. Et il ajouta tout haut : « Voulez-vous que je vous accompagne? Je n'ai rien à faire aujourd'hui, et vous pourriez me compter votre histoire, tout en marchant.

— Mais n'aurez-vous pas honte de sortir avec moi? fit-elle avec une pointe de malice.

C'était la première fois qu'elle se permettait un semblant de coquetterie, et Edward Harker sentit qu'il rougissait, lorsqu'il lui répondit qu'il serait heureux de l'accompagner. Bref, quelques minutes plus tard, le detective et l'ex-condamnée traversaient ensemble Vincent square. Le ciel était bleu, le soleil étincelant, et Edward Harker trouva l'air pur et embaumé.

CHAPITRE VI

A l'heure où Marthe et Edward Harker cheminaient, sinon bras dessus bras dessous, du moins l'un près de l'autre, une grande agitation régnait dans Eldon Court[1], Upper Temple. Une foule compacte d'avocats, d'avoués, de clercs, d'employés et de passants, encombrait l'entrée de l'escalier B et commentait une tentative d'assassinat, commise la nuit d'avant dans la maison n° 3, à laquelle attenait ledit escalier B.

M. Léo Meredith, la victime, était un jeune avocat de trente-six ans, disait-on, habile, spirituel, peu travailleur peut-être, mais recherché dans le monde pour son esprit et en passe de faire son chemin. Ses collègues l'accusaient d'être un peu intrigant ; mais on ne lui savait, en somme, aucun ennemi, surtout d'ennemis capables d'en vouloir à sa vie.

Pourtant, il était là, couché sur son lit, avec

1. Eldon Court est une cour située dans le quartier d'Upper Temple, où les avocats ont leur bureaux, et parfois leur logement.

une blessure à la tête, une blessure profonde, provenant d'un coup porté avec un tisonnier. On l'avait trouvé étendu près de la cheminée, en venant le matin faire sa chambre, et les médecins avaient déclaré que son état était des plus graves. La police avait été avertie et le détective, expédié de Scotland yard, avait commencé son enquête en interrogeant le portier.

Celui-ci savait peu de chose : M. Meredith avait été en soirée; il avait dit à son cocher de le conduire chez lady Brierly, Grosvenor square; vers minuit, il était rentré à pied, accompagné d'un *monsieur* qui ne l'avait quitté que deux heures plus tard. Le portier affirmait que cet individu était un *gentleman*, et non une personne de la basse classe. Il n'était pas en costume de soirée; mais ses vêtements, ses manières, sa façon de parler indiquaient néanmoins un homme du monde.

Donc, premier point important : cet individu, quel qu'il fût, n'avait pas été chez lady Brierley, et c'était en sortant de chez cette dame que M. Meredith avait dû le rencontrer. En outre, puisque l'assassinat avait été commis avec un instrument appartenant à la victime et faisant partie de son mobilier, le crime n'avait pas été prémédité. L'assassin n'avait, d'ailleurs, laissé dans la chambre de l'avocat aucune trace de sa présence, rien qui pût permettre de le suivre à la piste ou de faire soupçonner qui il était. Il fallait donc attendre, pour poursuivre les recherches, que le blessé fût en état de parler.

Un agent alla, en attendant, apprendre à lady Brierley ce qui s'était passé. Elle et l'avocat étaient, depuis quelque temps, en très-bons termes : M. Meredith lui prêtait des volumes de poésie, et elle lui soumettait ses vers. Le monde n'y voyait pas de mal, et il se peut, en somme, qu'il eût raison. Mais lady Brierley devint si pâle en entendant dire que l'avocat était blessé; elle annonça avec tant de chaleur qu'elle allait courir auprès du malade et s'installer à son chevet, que l'agent de police, plus soupçonneux que le monde, interrogea la femme de chambre, qui lui donna, naturellement, voire embellis et amplifiés, divers renseignements trop intimes pour être rapportés ici.

Sir Titus Brierley était-il l'assassin? Ce fut, on le devine, la première question que se posa l'agent, en écoutant la soubrette. Mais celle-ci déclara que son maître avait joué au whist, dans le salon jaune, de onze heures du soir à une heure du matin ; et quand le détective, qui était tenace dans ses idées, alla trouver sir Titus à son club, pour lui raconter le drame de la veille, son attitude fut si calme, qu'il fallut renoncer à le soupçonner.

— Mon Dieu ! fit sir Titus, que me dites-vous là ? Ce pauvre Meredith blessé ! Mais c'est affreux vraiment ! Il n'en mourra pas, je l'espère.

— Les médecins croient pouvoir le sauver, répondit l'agent.

— Tant mieux ; le pauvre garçon ! C'est un si charmant homme ! Je vais aller le voir dans un instant.

Le detective fut sur le point d'engager Sir Titus, sous un prétexte quelconque, à différer sa visite, pour l'empêcher de se rencontrer avec lady Brierley ; mais il n'eut pas cette peine. Sir Titus songea, sans doute, qu'il était inutile qu'il quittât son club immédiatement, puisque « son pauvre ami » ne pouvait pas parler ; car il dit de lui-même à l'agent qu'il irait le voir un peu plus tard. C'était un de ces hommes que leur premier mouvement pousse à s'occuper de leurs amis et qui, réflexions faites, se croisent les bras.

« Je ne vois pas à quoi je pourrais lui servir, dit il en se dressant sur la pointe des pieds. Il était très-petit, et cherchait toujours à se donner quelques pouces de plus.

— Vous pourriez nous renseigner sur les ennemis que M. Meredith peut avoir. Il y a là-bas un de mes collègues qui procède à une enquête.

— Des ennemis ! Je ne lui sais que des amis.

— Pourtant, il n'est pas vraisemblable que ce soit un ami qui l'ait mis dans cet état !

— Qui sait ? fit sir Titus. J'ai été une fois à moitié assommé par un de mes camarades de collége. Les jeunes gens se querellent facilement : pour un cheval, pour une femme, ils en viennent aux mains. J'attendrais, à votre place, que Meredith fût revenu à lui ; il vous dira tout ; il est si franc !

Ce conseil s'accordait avec la résolution déjà prise par le premier detective ; l'autre retourna donc au Temple. Les abords de l'escalier B étaient presque déserts ; à part quelques oisifs et les *reporters* de la presse, l'entrée de la maison avait repris son aspect habituel. L'agent se dit que, puisque le public montrait moins d'intérêt pour l'événement, c'est que, probablement, l'état du blessé était meilleur, et il avait raison. M. Meredith était revenu à lui ; il avait même repris toute sa connaissance ; mais il refusait obstinément de dire le nom du meurtrier. Lady Brierley était auprès de lui, et se répandait en lamentations sur la part de responsabilité qui lui revenait, disait-elle, dans cette tragique aventure.

« Car enfin, ajoutait *mylady* qui voulait justifier sa présence dans la chambre du jeune avocat, tout cela serait-il arrivé, si je n'avais pas donné une soirée, ce jour-là ?

Les deux médecins qui soignaient le malade l'engagèrent à se calmer, et le detective qui était là, en permanence, la rappela de son côté au silence.

« Je vous en prie, *my lady*, veuillez vous taire; vous m'empêchez d'entendre les réponses du blessé. Au nom des intérêts de la justice, Mʳ Meredith, dites-nous quel est votre agresseur ?

— Je n'ai rien à vous apprendre, répondit l'avocat d'une voix faible. Ma· blessure, je vous le répète, est le résultat d'un accident.

— Voulez-vous dire par là qu'on vous a fait tomber, sans le vouloir ?

— Oui, c'est de ma faute. N'en parlons plus, de grâce.

— Mais si votre ami vous a renversé par mégarde, quel inconvénient trouvez-vous à nous donner son nom ? Il doit tenir, lui-même, à se justifier.

Leo Meredith ne répondit rien. Il fit signe que ces questions le fatiguaient et qu'il désirait être seul. Mais le detective n'était pas assez simple pour admettre qu'un homme pût être jeté à terre par maladresse, sans que l'auteur involontaire de cet accident s'empressât de le relever et de lui porter secours; et il demeura au pied du lit, malgré un geste impératif de lady Brierley.

— Pardonnez-moi, d'insister, Mr Meredith, reprit-il, mais je crois que vous m'avez dit que le *gentleman* en question était de vos amis.

— C'est vous, et non pas moi, qui avez dit cela.

— Mais s'il n'est pas de vos amis, comment êtes-vous sûr de lui? demanda le detective avec autant d'à-propos que de bon sens. Êtes-vous certain qu'on ne vous a rien volé?

Le blessé tressaillit et ouvrit de grands yeux. La question semblait le prendre à l'improviste, et éveiller dans sa pensée tout un monde d'idées nouvelles. Il fit un mouvement pour quitter son lit, puis il demanda « où on l'avait trouvé » ?

— Dans votre bibliothèque, répondit un des médecins. Mais demeurez tranquille dans votre lit ; vous ne pouvez pas songer à vous lever.

— Il faut que j'aille dans la pièce à côté, ne fût-ce qu'un instant, reprit Leo Meredith. Je veux voir mon secrétaire... Grand Dieu ! où avais-je la tête ?

Les médecins jugèrent qu'il valait mieux céder au désir du malade que de le laisser dans l'état d'agitation où l'avait jeté la question du detective ; et après lui avoir mis une robe de

chambre, ils l'aidèrent à passer dans sa bibliothèque.

Il y avait là un grand bureau en bois de
chêne. Leo Meridith le désigna du doigt, et ses
yeux devinrent hagards, quand il vit que la clef
était dans la serrure.

— Cette clef était-elle là, lorsque l'on m'a
trouvé ? demanda-t-il d'une voix tremblante.

— Oui, fit le detective.

L'avocat s'avança en chancelant, ouvrit le
meuble, tira le tiroir d'en haut et parut consterné en reconnaissant qu'il était vide.

« On vous a donc volé? reprit l'agent.

— Plus rien! fit le malade, presque machinalement.

— Et vous refusez toujours de nous dire le
nom de celui qui vous a dépouillé, après avoir
cherché à vous tuer?

Il y eut un instant de silence. Le detective
prit son carnet de notes, pour y inscrire les dé-
clarations du blessé. Tous les yeux étaient fixés
sur celui-ci qui semblait, en effet, recueillir ses
souvenirs comme quelqu'un qui va parler. Mais,
tout à coup, il agita la tête et feignit d'être re-
devenu calme.

— Je vous assure, reprit-il, que toute cette
affaire ne vaut pas la peine qu'on s'en occupe. Il
n'y a eu ni crime, ni vol ; mais bien un simple
accident. N'en parlons plus.

Tous les efforts pour le déterminer à s'expliquer furent inutiles. Il demeura complétement
muet, et les médecins engagèrent l'agent à
cesser de le questionner, de peur d'aggraver son
état. L'homme se rendit à cet avis ; mais quand,
en arrivant à Scotland-Yard, il eut narré ce qui
s'était passé au chef de la police, ce dernier prit
un air pensif et dit, après un instant de
réflexion :

— Qu'on fasse venir l'inspecteur Harker !

CHAPITRE VII

L'HISTOIRE DE MARTHE

Tout en marchant auprès d'Edward Harker, Marthe Sylvester lui raconta sa vie.

Marthe et Louisa, sa sœur aînée, étaient filles d'un *clergyman* du Yorkshire, M. Mildway. Jeunes et sans fortune, à l'époque de la mort de leur père, elles avaient été recueillies par une vieille tante, qui habitait une petite ville de province. Louisa avait vingt ans et Marthe, seize, quand elles furent s'installer chez cette parente, une bonne créature, dit Marthe, mais bavarde, excentrique et frivole. Les jeunes filles se trouvèrent bien auprès de leur tante, et leur beauté attira autour d'elles de nombreux admirateurs. Louisa épousa bientôt un riche industriel, que ses affaires appelaient souvent à L..., et offrit alors à sa sœur de venir demeurer avec elle. Mais Marthe, qui avait eu à se plaindre du caractère tyrannique de son aînée, préféra rester près de sa tante.

Durant les deux années qui suivirent le départ de Louise, Marthe vécut comme on vit en province, sans qu'aucun incident particulier se produisît pour elle. Sa tante, toute fière du mariage de l'aînée, racontait partout qu'elle aurait de la fortune, que sir Titus ne manquerait pas de la doter, qu'elle-même lui laisserait les quelques milliers de livres qu'elle possédait, et Marthe Mildway fut vite recherchée par divers jeunes gens en quête d'une héritière. Plusieurs furent écartés, n'ayant pas eu le don de plaire ; d'autres auraient pu être plus heureux, si la tante Mildway avait été moins ambitieuse. Cette bonne dame avait un excellent moyen d'empêcher les mariages qui ne lui convenaient pas. Elle menaçait sa pupille de la déshériter et de la renvoyer chez sa sœur ; et comme ces deux perspectives, la dernière surtout, n'avaient rien d'agréable pour Marthe, elle finissait toujours par se ranger à l'avis de sa vieille parente.

Il arriva alors ce qui a toujours lieu en pareille circonstance. A force d'être contrariée dans ses inclinations, la jeune *miss* finit par s'éprendre, cette fois sérieusement, d'un certain capitaine Sylvester, qui n'avait guère pour lui que sa bonne mine. Venu à L. à l'occasion des courses, il avait fait la connaissance de Marthe dans un bal ; il s'était fait présenter à la vieille tante, et avait fini par lui demander la main de sa nièce. Miss Mildway alla aux renseignements ; elle apprit qu'il n'y avait pas, dans l'armée, de capitaine Thomas Sylvester, qu'il n'existait pas non plus, — quoiqu'en eût dit celui-ci, — de baronnet portant ce nom, et elle engagea vivement Marthe à éconduire ce prétendant comme elle avait fait des autres. Mais le cœur de la jeune fille était pris, et le capitaine n'eut pas de peine à la convaincre que sa parente radotait.

Bref, lorsqu'il fut évident pour les deux jeunes gens que la tante Mildway ne consentirait jamais à leur union, ils disparurent un beau matin et allèrent se marier secrètement à Londres.

Peut-être, en épousant Marthe, le capitaine Sylvester avait-il visé surtout à faire un mariage riche ; cependant il s'attacha à elle, et il lui témoigna beaucoup de tendresse et d'égards, tout le temps qu'ils demeurèrent ensemble. Malheureusement il n'avait pas d'argent, et quand, en réponse aux instances de la jeune femme, miss Mildway et sir Titus se bornèrent à déclarer qu'ils ne lui pardonneraient jamais son mariage, le capitaine se lança dans une vie d'expédients et d'aventures qui mit Marthe en contact avec un monde étrange. Il se fit *bookmaker* [1] ; il joua le billard à 5 livres la partie ; il tripota dans les affaires de chevaux ; il fut de tous les tirs au pigeon. Un jour, il rentrait à son hôtel les poches pleines d'or, et il le dépen-

1. Parieur aux courses

sait le lendemain à acheter des bijoux pour Marthe ou à faire des parties de plaisir aux environs. D'autres fois, il en était réduit à mettre au mont-de-piété les robes de la nouvelle mariée.

Marthe ne comprenait rien à cette façon de vivre; mais elle l'acceptait, parce que tout ce que son mari faisait ou disait lui semblait bien. Elle l'aimait trop pour être tentée de critiquer ses actes. Il ne lui venait jamais à l'esprit que l'argent qu'il gagnait et dépensait si facilement pouvait être de l'argent mal acquis; et quand il lui parlait de son oncle le baronnet, de l'énorme fortune qu'il lui léguerait, du beau château qu'il possédait et qui leur reviendrait un jour, elle croyait tout cela comme parole d'Évangile.

Une seule chose la peinait, même la tourmentait : parmi les amis de son mari, il y avait un individu pour lequel elle avait une répulsion instinctive. Son nom était Forest, mais on l'appelait généralement Slippery Dick, et il exerçait sur Tom Sylvester une influence singulière; elle avait cru comprendre qu'ils étaient camarades de collége; dans tous les cas, Dick était l'associé et le conseiller de son mari. Tom semblait éprouver pour lui une affection mêlée de crainte; toutefois, il ne permettait jamais à sa femme d'en dire du mal. En plusieurs occasions, où Marthe s'était laissée aller à critiquer ses allures et son langage, lequel était, souvent, passablement cynique, Tom s'était écrié, comme pris de peur : « quelle que soit votre opinion sur son compte, tâchez de ne pas vous en faire un ennemi! »

Ce fut sur l'avis de ce Dick que Marthe et son mari partirent pour Londres. « Nous allons gagner à nous trois des monceaux d'or, » dit Tom Sylvester à sa femme, en l'invitant à faire ses malles.

— J'eus alors, ajouta Marthe, comme un pressentiment qu'un malheur allait nous arriver. Mon mari était pensif et silencieux depuis plusieurs jours. Lui et M. Forest passaient des heures entières à discuter tout bas, et à faire des calculs sur des feuilles de papier. Depuis dix-huit mois que j'étais mariée, je n'avais jamais vu mon mari si absorbé.

— Vous dit-il quelque chose de l'affaire qui l'appelait à Londres? demanda Edward Harker, que le récit de la jeune femme intéressait de plus en plus.

Marthe fit un geste négatif.

— Rien, reprit-elle. Nous vînmes à Londres tous trois ensemble. Tom m'annonça qu'il prendrait le nom de Ridgway, pour éviter que les journaux ne fissent connaître son arrivée à des parents qu'il n'avait pas envie de voir. M. Forest ne descendait pas dans le même hôtel que nous; mais nous nous rencontrions tous les jours, d'abord dans une taverne, ensuite dans une maison de *Seven Dials*.

— Chez Reuben Grummy?

— C'est cela. Dick nous rejoignait dans la boutique du rez-de-chaussée; puis Tom et lui me laissaient pour aller, disaient-ils, travailler, dans la mansarde. Un jour M. Forest me rapporta une liasse de billets de banque et un petit sac de souverains, en me disant qu'ils avaient besoin de monnaie, qu'il fallait que j'allasse en faire, mais que je ne devrais jamais changer plus d'un billet ou d'une pièce d'or dans le même endroit.

— Cette recommandation n'éveilla pas vos soupçons? interrompit le detective.

— Non, répondit Marthe, aucunement. J'avais mené une vie si extraordinaire depuis mon mariage, et l'on trouvait toujours de si bonnes raisons à me donner quand je m'étonnais de quelque chose, que j'avais renoncé à poser des questions. Pendant deux jours, j'allai de boutique en boutique, et je rentrais le soir les poches pleines d'argent et d'or. On m'arrêta le troisième jour, en me disant que je faisais passer de la fausse monnaie.

Marthe aurait pu manifester quelque émotion, arrivée à ce point de son histoire.

Mais elle avait, tant de fois, fait et refait ce récit dans sa pensée, qu'il avait cessé de l'émouvoir. Ce fut Harker qui poussa un soupir et, pendant les minutes qui suivirent, il marcha auprès d'elle sans pouvoir rien lui dire.

— Mais pourquoi n'avoir pas expliqué au jury tout ce que vous venez de me raconter? reprit-il enfin sur le ton du reproche. Vous n'auriez jamais été condamnée, si vous aviez donné ces explications à la Cour.

— Et mon mari? fit Marthe en regardant le detective.

— Il n'y avait rien à craindre pour lui, puisqu'il n'était pas arrêté, répondit Harker avec impatience.

— On aurait pu le trouver, dit Marthe. Et elle ajouta, après avoir réfléchi un instant : Tenez, Mr Harker; je veux être franche avec vous. Lors de ma première comparution devant le magistrat instructeur, quelqu'un, que je ne connaissais pas, réussit à me glisser dans la main un billet que je lus une fois revenue dans ma cellule. On m'y prévenait que, si je faisais des révélations, soit sur Dick, soit sur Tom, mon mari serait envoyé aux travaux forcés à perpétuité, tandis que, si je ne disais rien, je serais acquittée, les jurys ayant pour habitude de ne jamais condamner une femme qui n'a été que le jouet et l'instrument d'autres personnes.

— Effectivement, fit l'inspecteur Harker ; les jurés ne condamnent pas d'ordinaire dans les

cas comme le vôtre; mais vous aurez été jugée
par une douzaine d'imbéciles ! Ça n'est pas rare,
malheureusement. A propos, vous venez dé
dire qu'on vous fit passer un billet. Croyez-vous
que vous pourriez reconnaître l'écriture ?

— Oh ! il était de la main de Forest. Je re-
connaîtrais son écriture entre mille.

. . . .

Telle fut l'histoire que raconta Marthe Rigd-
way. Elle avait été dite, moitié en marchant,
moitié dans un wagon du train de ceinture qui
conduisait à l'un des principaux cimetières, et
elle avait achevé de convaincre Harker de l'innocence de la jeune femme.

Il était maintenant prêt à se jeter à ses pieds,
prêt à l'adorer comme une martyre. Il la regardait, sans pouvoir comprendre qu'une enveloppe
si frêle pût couvrir une âme aussi forte. Avoir
souffert cinq ans, sans jamais révéler son secret !
Avoir subi la honte, l'emprisonnement, avoir
été en butte à mille mauvais traitements, à mille
angoisses et n'avoir jamais dit ce qui, infailli-
blement, l'eût sauvée ! Jamais, dans sa longue
carrière, Edward Harker ne s'était trouvé en
face d'une créature aussi énergique, et il aurait
suffi d'un second récit du même genre pour
bouleverser ses idées sur la justice humaine,
pour l'amener à croire que toutes les prisons de
l'Angleterre étaient peuplées d'innocents.

Il accompagna Marthe dans plusieurs cimetières; mais leurs recherches restèrent sans
résultat, ce qui ne surprit pas le detective, car
il était convaincu que, si Tom avait été assassiné,
on avait dû le jeter dans la Tamise ou s'arranger de façon à ce que son identité ne pût être
établie. Naturellement, il ne fit pas part de cette
conviction à la jeune femme, de crainte de la
décourager ou de l'affliger outre mesure. Il lui
dit, au contraire, qu'il croyait que son mari
avait dû quitter Londres, après son arrestation,
et que, s'il était mort, il devait avoir été enterré
en province.

Puis, comme il commençait à se faire tard et
qu'il supposait qu'elle était fatiguée, il l'engagea
à prendre quelque chose et ils entrèrent ensemble
dans un hôtel où le detective commanda à dîner.

Ils s'assirent à table, en face l'un de l'autre, comme deux vieux amis, et Edward Harker
put ainsi l'étudier et la regarder tout à son aise.
La beauté lui revenait. Ses lèvres, contractées
par le chagrin, recommençaient à sourire. Ses
yeux, mornes et abattus naguère, reprenaient
peu à peu tout leur éclat. Elle s'exprimait avec
facilité, et son esprit n'avait rien perdu de sa
lucidité. Tout au plus pouvait-on dire qu'il s'é-
tait comme enveloppé dans une couche de glace,
que le moindre mot affectueux et sympathique
suffisait à faire fondre.

Edward Harker était fasciné; mais les épisodes de ce dîner, qui ne devaient jamais s'effacer de sa mémoire, offriraient peu d'intérêt, et il est inutile de s'y arrêter. Qu'il suffise de savoir que quand, vers sept heures, ils revinrent à Vincent Square, le detective trouva que la journée avait passé comme un éclair.

— Mʳˢ Sylvester, dit-il en ouvrant la porte et en la regardant presque tendrement, je serai désormais un frère pour vous. Si l'on peut découvrir l'endroit où votre mari est mort, je le trouverai. S'il est possible de vous faire réhabiliter, votre innocence sera proclamée.

— Merci, Mʳ Harker, fit-elle d'une voix émue, vous êtes un bon cœur.

— Voulez-vous me permettre de vous serrer la main ? demanda-t-il.

— Certainement, répondit-elle en mettant sa petite main, fine et blanche, dans la large main du detective, qui parut trembler à ce contact.

Ils entrèrent. Mʳˢ Tibbets accourut en les entendant, — la Prose, après l'Idylle — et s'approchant de son frère :

— Ned, dit-elle, il y a quelque chose là-haut pour vous. On vous demande immédiatement à Scotland Yard.

CHAPITRE VIII

LE TIROIR VIDE

Il était difficile de rechercher l'assassin de Leo Meredith contre le gré de celui-ci. Comme il n'y a pas de parquet en Angleterre, la poursuite ne pouvait être ordonnée d'office ; et plus le chef de la police envisageait la difficulté, moins il parvenait à la résoudre, si bien qu'en fin de compte il trouva que le mieux était de ne rien faire.

Mais, comme, après le principe de non-intervention, il n'est rien d'aussi cher au gouvernement anglais et à ses fonctionnaires que le vague et l'obscurité dans les relations administratives, le chef de la police eut soin de ne pas dire à l'inspecteur Harker qu'il croyait que l'affaire pour laquelle il l'appelait n'avait pas d'issue possible.

Il raconta sommairement les faits à son subordonné, et attendit ses réflexions, comptant qu'elles aboutiraient, comme les siennes, à la conclusion qu'il fallait passer l'incident sous silence et ne pas s'en préoccuper plus longtemps.

Mais cette circonstance, que la sœur de Marthe se trouvait mêlée à l'affaire, avait vivement intéressé Edward Harker. Il songea qu'en prenant la chose en main, il aurait l'occasion de questionner lady Brierley, de recueillir de nouveaux renseignements sur Marthe; et cette pensée l'amena à répondre à son chef qu'il croyait qu'on pouvait arriver à connaître le nom du coupable, en exerçant une pression suffisante sur Leo Meredith. Ses camarades du barreau ne manqueraient pas de lui dire qu'en refusant de nommer son assassin, il donnait prise à des interprétations et à des conjectures préjudiciables à sa réputation. On pourrait, en même temps, revenir à la charge auprès de lui, multiplier les questions et les instances. Tout cela, dans la pensée de l'inspecteur, devait produire de l'effet sur lui, et le chef de la police se rangea à cet avis, en disant à Harker de mener l'affaire comme il l'entendrait.

Le detective se rendit aussitôt à Eldon-Court. Le malade était plus souffrant. L'interrogatoire qu'on lui avait fait subir le matin lui avait donné la fièvre et il délirait légèrement. Une garde s'était installée auprès de lui, et les médecins avaient ordonné qu'on lui fît de fréquentes aspersions d'eau glacée. Lady Brierley était toujours là, « en attendant, disait-elle, qu'un des parents du blessé pût venir la suppléer, » et l'arrivée d'Edward Harker lui causa, tout d'abord, une vive contrariété. Mais, en reconnaissant en lui l'homme chez qui demeurait sa sœur, elle se calma, devint même aimable, et engagea aussitôt la conversation.

— Quelle triste affaire, n'est-ce pas, Mr Harker?... A propos, j'espère que vous n'avez dit à personne que ma sœur avait été dans une maison de fous?

— Certainement non, *my lady*.

— Cette discrétion vous fait honneur ; je sais, du reste, qu'on est très-réservé dans la police. Mais je ne vous en suis pas moins reconnaissante. C'est si pénible de savoir que le monde est au courant de pareils faits. Beaucoup de gens s'imaginent que la folie est héréditaire, et il n'en faut pas plus pour empêcher, plus tard, des mariages de se faire. Je vous assure, pourtant, qu'il n'y a jamais eu de fou dans ma famille.

— Alors les parents de Mrs Ridgway ont dû la traiter bien mal pour qu'elle soit devenue folle?

— Que voulez-vous dire? demanda lady Brierley d'un air piqué, car elle n'admettait pas qu'un simple *policeman* pût faire la leçon à une grande dame comme elle. Puis elle ajouta : Ah! je comprends. Vous faites allusion à l'abandon de ma sœur par son mari? Quelle infamie, n'est-ce pas ? Mais on pouvait s'y attendre, de la part d'un homme qui s'était marié sous un faux nom.

— Vous ne croyez donc pas que le nom de Sylvester fût le vrai nom du mari de votre sœur? demanda Harker intrigué.

— Comment pourrais-je le croire? répondit milady. Il n'y a jamais eu personne du nom de Sylvester, ni dans l'armée, ni au collége de Westminster; et, d'autre part, il est certain que le prétendu capitaine a été militaire et élève de Westminster. Les détails qu'il donnait sur cet établissement, sur la vie d'officier, ne permettent pas d'avoir le moindre doute à cet égard.

— Puis-je vous demander si vous avez connu personnellement le capitaine? continua Harker.

— Je l'ai vu au moins deux fois, quand il vint demander de l'argent à mon mari. Mais pourquoi tout cela vous intéresse-t-il tant?

— C'est à cause de Mrs Sylvester. On lui a assuré que son mari était mort; mais ce n'est pas certain, et tant que la chose ne sera pas établie, elle pourra espérer le revoir.

— Puisse un pareil malheur ne jamais arriver, dit lady Brierley, en regardant du côté de la chambre du malade, — comme si tout ce qui se passait là eût eu pour elle un bien autre intérêt que cette conversation au sujet de sa sœur Patty.

Je veux dire que Mrs Sylvester a fait un mariage déplorable, et la seule chose qu'elle ait à faire, c'est de partir pour l'Australie. Sir Titus est disposé à lui faciliter les moyens d'émigrer.

Lady Brierley se leva et entra, sur la pointe du pied, dans la chambre du blessé.

Edward Harker ne l'y suivit pas. Tout en causant, il avait fait plusieurs fois, avec ses yeux, le tour de la pièce où il avait été introduit; et lady Brierley l'avait à peine quitté, qu'il se baissait pour prendre un bout de cigare, tombé auprès du garde-feu.

Harker se mit alors à genoux sur le tapis, et ramassa divers objets qui, pour tout autre que lui, n'eussent pas eu la moindre importance, si même ils n'étaient pas restés inaperçus : un bouton de gant en cuivre, un petit morceau d'os ou d'ivoire presque imperceptible au milieu de la cendre, et un peu de boue desséchée. Il retournait ces objets dans sa main avec l'air pensif d'un chimiste en train de faire une analyse, quand lady Brierley rentra.

« Pouvez-vous me dire, *my lady*, fit-il, si M. Meredith fume des cigares de la Havane et s'il se sert d'un bout pour les fumer?

— Il ne fume jamais.

— Porte-t-il des gants en peau de chien?

— Je lui ai toujours vu des gants noirs ou gris. Mais pourquoi ces questions?

— Et a-t-il un parapluie en soie marron, déjà usé?

— Non. Il s'est plaint chez moi, ces jours-ci, d'avoir perdu son parapluie à son club, et d'avoir été forcé d'en acheter un autre, qui était noir, je m'en souviens.

— Encore une question, *my lady*. A-t-il des boutons de manches en ivoire, de l'espèce appelée solitaire?

— Il porte toujours des boutons doubles, en or, que vous trouverez, du reste, sur sa table de toilette.

L'inspecteur réfléchit quelques instants.

Bon! reprit-il à demi-voix, comme s'il se fût parlé à lui-même, je commence à être sur la voie. Le crime a été commis par quelqu'un qui fume et qui se sert d'un bout en ambre ou en écume, car ce débris de cigare n'est pas mâché. Ce quelqu'un porte des gants en peau de chien, car ces gros boutons de cuivre ne se mettent qu'à ces gants-là. Son parapluie est en soie marron, car le fil de soie qui adhère à cette parcelle de boue est brun. Enfin, il a des boutons de manches en ivoire, car le morceau d'ivoire que je tiens à la main ne peut provenir que de là, d'après sa forme.

— Vous me faites peur, interrompit lady Brierley.

— Cet individu est doué évidemment d'une

grande force physique, continua l'inspecteur. Ils ont dû s'asseoir en face l'un de l'autre, près de cette cheminée; M. Meredith s'est vraisemblablement placé du côté du tisonnier et l'autre a pu, cependant, sauter sur cet instrument, sans que sa victime ait eu le temps de l'arrêter. Cela atteste beaucoup d'agilité et de force. Il doit avoir, aussi, un caractère violent, car, avant d'atteindre M. Meredith, il l'a manqué deux fois, comme l'indiquent ces deux marques sur les bras de ce fauteuil.

— Quelle perspicacité! s'écria lady Brierley. Vous êtes capable de retrouver cet homme?

— Je n'en désespère pas, répondit Harker tout en poursuivant ses réflexions. Vous souvient-il d'avoir vu M. Meredith en compagnie de quelqu'un répondant au signalement que je viens de faire?

— En vérité, non, répliqua lady Brierley. Il y a tant de gens qui portent des gants de peau de chien et des parapluies en soie marron!

Elle était toujours agitée et, pour la seconde fois, elle interrompit la conversation pour aller à la chambre du malade. L'état du blessé était, sans doute, plus grave, car, lorsqu'elle revint, elle semblait préoccupée et agitée.

— Que faites-vous là, Mʳ Harker? dit-elle en voyant le detective poursuivre son examen du mobilier. Vous dérangez toutes les affaires de M. Meredith?

— Je suis à la piste des indices qui peuvent m'aider à trouver le coupable.

— A quoi bon, puisque M. Meredith ne veut pas qu'on poursuive?

— M. Meredith changera d'avis lorsqu'il sera plus calme. Il se ferait du tort auprès de l'opinion publique en s'opposant à l'arrestation d'un misérable qui a voulu le tuer.

— M. Meredith est au-dessus dès imputations des mauvaises langues, repartit lady Brierley avec vivacité.

— Soit; mais si son assassin, sachant qu'il l'a manqué, revenait à la charge?

Lady Brierley pâlit et se mordit les lèvres.

— Vous avez raison. Il faut absolument mettre la main sur le coupable, reprit-elle, et cela, le plus tôt possible.

— Comptez sur moi, *my lady*, dit l'inspecteur. Si M. Meredith a le délire, je passerai la nuit au pied de son lit... En attendant...

Il s'interrompit lui-même, pour regarder le grand bureau en chêne.

— C'est à la vue de ce meuble qu'il s'est emporté tout-à-l'heure, fit lady Brierley. Quand il a découvert qu'on avait enlevé le contenu d'un des tiroirs, il a eu comme un accès de rage.

— Quel tiroir? Celui de droite? demanda le detective en ouvrant le bureau.

— Oui, celui de droite.

Harker tira à lui le tiroir. Il était vide. Un coup sec qu'il donna sur le fond lui montra qu'il n'y avait pas, en dessous, d'espace creux. Il repoussa le tiroir, et remarqua qu'il ne fermait pas hermétiquement. Quelque chose l'empêchait d'arriver au bout de sa course.

Le détective l'enleva complétement, et passa la main dans l'intérieur. Au fond, il sentit comme un morceau de carton tout froissé qu'il attira à lui.

— C'est une photographie !... s'écria lady Brierley.

C'en était une, effectivement: celle de Marthe Sylvester, de Marthe plus jeune de cinq ou six années !

CHAPITRE IX

SUR LA TRACE

.11 n'était pas dans les habitudes d'Edward Harker de laisser voir sa surprise, lorsqu'un incident inattendu se produisait en sa présence. En revanche, il était prompt à remarquer les impressions des autres.

— Comment! c'est ma sœur Patty, fit lady Brierley en regardant, avec un étonnement que l'on devine, le portrait que lui montrait le détective. C'est bien extraordinaire! Je ne me doutais pas que M. Meredith l'eût jamais vue.

— Il ne vous a jamais parlé d'elle ?

— Non ; et, de mon côté, je ne lui en ai jamais ouvert la bouche. Depuis le mariage de Marthe, sir Titus et moi la regardions comme morte, et j'aurais été bien contrariée, si j'avais su que M. Meredith se doutait que j'avais une sœur.

Lady Brierley avait l'air sincère ; mais il ne demeurait pas moins certain, ou du moins présumable, que l'avocat et Marthe s'étaient connus, vers l'époque de la condamnation de celle-ci. Le nom du photographe, inscrit au dos du portrait, indiquait qu'il n'avait pas été fait dans la ville où Marthe habitait étant jeune fille. D'ailleurs, lady Brierley était sûre que cette photographie était postérieure au mariage de sa sœur, et l'alliance qu'on apercevait à la main gauche enlevait tout doute à cet égard.

Pour l'inspecteur Harker, il devenait clair que l'histoire de Marthe et la tentative d'assassinat commise sur l'avocat avaient un trait d'union, encore à découvrir. Pourquoi M. Meredith avait-il paru terrifié en voyant qu'on l'avait volé, et pourquoi, en même temps, avait-il persisté à taire le nom de son agresseur ? Il y avait là un point obscur ; et cet étrange attitude de l'avocat, rapprochée de la présence de la photographie de Marthe dans son tiroir, autorisait à supposer qu'il avait pu jadis avoir des relations avec la bande à laquelle Mʳˢ Ridgway s'était trouvée affiliée, sans le savoir.

Le détective mit le portrait dans sa poche, et son premier mouvement fut de retourner à Vincent-Square pour le faire voir à Marthe. Mais, la garde étant venue dire que le malade parlait tout haut, il ajourna ce projet et alla se poster près du lit du blessé, dans l'espoir qu'il dirait, dans son délire, des choses propres à le guider. Cette espérance fut déçue. Lady Brierley se retira, par respect pour les convenances ; la garde finit par s'endormir, et Harker eut ainsi à lui tout seul le sujet qu'il s'était promis d'étudier. Mais Leo Meredith n'articula que des paroles incohérentes, et les questions que l'inspecteur lui posa n'obtinrent pour réponses que des mots vides de sens. Vers huit heures, le malade se calma et tomba dans un profond sommeil. Harker céda sa place à un de ses collègues, et rentra chez lui, anxieux de voir Marthe.

La jeune femme avait passé une bonne nuit et s'était levée toute remontée. Elle sentait qu'elle avait maintenant un ami, et qu'un lien nouveau l'attachait à la vie. Le detective entra comme elle se mettait à déjeuner, et lui montra aussitôt la photographie.

« Reconnaissez-vous ceci, Mrs Sylvester ?

— Je crois bien, s'écria-t-elle en joignant les mains et en rougissant, c'est mon portrait. Tom l'avait fait faire à Doncaster, un lendemain de courses.

— Combien en avez-vous fait faire ? demanda Harker. Vous le rappelez-vous.

— Une douzaine, je crois, répondit Marthe, comme si la question lui eût semblé sans importance.

— Et combien en avez-vous donné ?

— Deux seulement, j'en suis certaine, car nous voyagions en ce moment. Tom en coupa une pour mettre dans son médaillon. L'autre, je la donnai à Dick Forest.

— Que sont devenues les autres ?

— Elles ont dû rester à l'hôtel où nous étions,
lors de mon arrestation.

La physionomie d'Edward Harker prit une
expression de joie.

— Voudriez-vous mettre votre chapeau, dès
que vous aurez fini de déjeuner, Mrs Sylvester, et sortir un instant avec moi ? J'ai besoin de
vous, pour une affaire.

— Une affaire importante ?

— Très-importante.

Une heure plus tard, le detective et Marthe
descendaient de voiture, dans Eldon Court.
Harker pria la jeune femme de l'attendre un
instant au bas de l'escalier, et monta pour s'assurer si lady Brierley était déjà revenue près du
malade. Elle n'était pas encore arrivée, et l'inspecteur cria d'en haut à Marthe de venir le
rejoindre.

Quand elle eut traversé la bibliothèque, Harker la fit entrer dans la chambre du blessé, en
l'invitant tout bas à marcher doucement. Elle
frémit de la tête aux pieds, et s'élança en avant,
les bras étendus. Évidemment, elle était sous
l'impression que cet homme qu'elle voyait là, la
tête enveloppée dans des bandages, couché, c'é-
tait son mari, miraculeusement retrouvé par les
soins du bon Harker, et celui-ci éprouva une
sensation indéfinissable, mais pénible, en consta-
tant l'émotion que lui causait cette méprise.

Lorsqu'elle eut reconnu qu'elle se trompait,. elle se retourna vers le detective et le regarda, d'un air de reproche.

« Veuillez examiner attentivement cet individu, lui dit Harker à demi-voix. Avez-vous souvenir de l'avoir déjà vu?

— Non, fit Marthe après s'être approché du lit.

— Vous êtes sûre que ce n'est pas Dick Forest? poursuivit le detective, toujours à voix basse.

Cette fois, Marthe ne répondit pas immédiatement. Elle se pencha sur le lit, presque à toucher le visage du malade, et l'examina pendant quelques secondes, avec une minutieuse attention.

— M. Forest avait la peau brune et les cheveux noirs, dit-elle en se redressant.

— Vous voyez bien que celui-ci a eu la tête rasée, reprit le detective, et quant à la couleur de la peau, cela ne signifie pas grand'chose. Il y a tant de moyens de se blanchir le teint! Regardez plutôt ses yeux.

— M. Forest portait des lunettes, en sorte que je ne me rappelle pas bien ses yeux, dit Marthe. Au reste, ce pauvre homme, couché là, n'a rien de Dick Forest. Peut-être, si je l'entendais parler...

— Cela ne servirait à rien, répliqua l'inspecteur, car la fièvre change toujours le timbre de la voix ; regardez-le encore avec soin.

Marthe s'approcha de nouveau du blessé, mais elle persista à trouver qu'il ne lui rappelait aucunement Dick Forest. Néanmoins, Harker persista dans sa première impression et, en reconduisant Mrs Sylvester, il lui reparla des photographies. Elle lui répéta qu'elle n'en avait donné que deux, dont l'une à son mari qui l'avait coupée pour la faire entrer dans un médaillon, et le detective devint, dès lors, certain que le second portrait, qu'il avait dans sa poche, avait dû passer par les mains de Dick Forest, à moins, — chose peu probable, — que les dix photographies laissées à l'hôtel n'eussent été retrouvées par le propriétaire et distribuées par celui-ci.

Ce point méritait d'être éclairci sans retard. En rentrant dans l'appartement de M. Meredith, l'inspecteur s'assit à une table et écrivit l'avis suivant, destiné aux principaux journaux de Londres.

« Aux maitres d'hotel de la Cité. — Il y a environ cinq ans, vers le mois de mars 18..., un monsieur et une dame, qui se faisaient appeler le capitaine Ridgway et Mrs Ridgway, sont descendus dans un hôtel de la Cité et y ont passé deux jours. Ils ont disparu subitement, en laissant leur bagage qui se composait d'un porte manteau, d'une malle de femme, noire, d'un nécessaire de toilette et d'un sac de nuit en tapisserie. On demande le nom de l'hôtel où ces deux personnes ont résidé. Adresser tous les renseignements à l'inspecteur Harker, Scotland yard, lequel remettra à qui de droit le montant des dépenses faites par les voyageurs, plus cinq livres de récompense. »

Edward Harker achevait cet avis, quand lady Brierley apparut. Son affection pour Leo Meredith devait être bien vive, car elle avait les yeux rougis par l'insomnie et par les larmes. Elle sembla contrariée d'apercevoir le detective tranquillement installé dans le fauteuil de l'avocat, et écrivant comme chez lui.

— Vous ici, Mr Harker, fit-elle. J'aurais cru que vous vous seriez mis en campagne pour retrouver la trace du misérable auteur de ce lâche assassinat.

— Je m'en occupe, *my lady*, rassurez-vous, répondit l'inspecteur, et j'espère que l'avis que j'envoie aux journaux ne sera pas inutile.

— Ah ! vous annoncez qu'une récompense sera accordée à la personne qui arrêtera le meurtrier [1]. Est-elle considérable, au moins ?

---

1. Souvent, en Angleterre, la police promet, par la voie de la presse, de fortes récompenses pour l'arrestation d'un assassin ou d'un voleur qui se dérobe à ses recherches.

— Je ne puis pas prendre sur moi de rien promettre.

— Si le ministre de l'intérieur ne veut pas faire cette dépense, eh bien! je la ferai. Je donnerais volontiers cent livres pour que ce misérable fût pris.

— Cent livres, répéta Harker.

— Disons vingt, reprit lady Brierley, qui était toujours avare de ses deniers.

— Vingt livres suffiront, dit l'inspecteur.

Et, sans perdre un instant, il écrivit :

« VINGT LIVRES DE RÉCOMPENSE à qui pourra donner des renseignements sur l'auteur d'une tentative d'assassinat commise, dans la nuit du 5 du présent mois, sur la personne d'un avocat, demeurant à Eldon Court, Upper Temple. Le meurtrier doit avoir cinq pieds six pouces environ et porter de trente à quarante ans. Il avait un chapeau à haute forme, un pardessus foncé et un parapluie en soie marron. Il fume des cigares de la Havane.

« S'adresser à l'inspecteur Harker, Scotland Yard. »

— Y a-t-il longtemps que vous connaissez M. Meredith? demanda le detective, tout en recopiant les lignes qu'on vient de lire.

— Environ trois ans.

— Et savez-vous quelque chose de son passé?

— Je sais qu'il appartient à une très-bonne famille, qu'il a de la réputation comme avocat et qu'il est considéré par tout le monde. Voilà tout.

— Vous ignorez où il a été élevé?

— Il a fait son éducation au collége de Westminster. C'est même par lui que j'ai appris qu'il n'y avait jamais eu de Thomas Sylvester dans cet établissement. Nous causions un jour de son temps de collége, et je lui posai cette question, comme par hasard.

— Ainsi, M. Meredith ne savait rien du capitaine Sylvester?

— Je ne lui ai jamais parlé du capitaine, mais seulement de Thomas Sylvester. Quelles étranges questions vous me faites là?

— J'espère qu'elles conduiront à quelque chose, *my lady*, fit Edward Harker, qui se leva en même temps pour aller porter ses deux annonces aux journaux.

— C'est égal, se dit-il à lui-même, une fois dehors, je jurerais que j'ai mis la main sur Slippery Dick!

CHAPITRE X

PEINES DE CŒUR

Plusieurs jours s'écoulèrent sans amener d'autre incident nouveau. Leo Meredith resta couché, et Edward Harker demeura près de lui presque continuellement. Le peu de temps dont il disposait, il le consacrait à Marthe, et la jeune femme sentait grandir chaque jour l'estime et l'affection qu'elle éprouvait pour lui. Elle savait qu'il s'occupait d'elle, sans deviner toutefois de quelle façon. La mémoire dont il faisait preuve pour tout ce qui avait trait à son passé l'émerveillait. Les moindres détails qu'elle lui donnait, il les recueillait précieusement, et il en arriva à connaître sa vie, peut-être mieux qu'elle-même.

Il eût fallu que Marthe eût l'âme bien peu sensible, pour ne pas se montrer touchée d'autant de dévouement et de bonté. Edward Harker n'était pas beau parleur, et l'air sceptique et défiant qu'il prenait quand il questionnait n'avait rien d'aimable ni d'avenant. Mais sous cette rude écorce se cachait un cœur d'or, et Marthe, guidée par cet instinct qui trompe rarement la femme, l'eut vite deviné. Alors les contours de sa bouche se détendirent tout à fait, la couleur revint à ses joues et elle apprit de nouveau à sourire. Peu à peu même elle fut moins timide avec le detective. Certaine qu'Edward Harker la croyait innocente, elle se gêna moins avec lui; elle lui parla d'un ton plus assuré. Elle fut plus naturelle, plus libre en sa présence; voire, elle se laissa aller à le plaisanter quand il venait, sous un prétexte quelconque, passer quelques instants auprès d'elle.

Le plus souvent, d'ailleurs, — force est bien d'en convenir, — Edward Harker frappait à la porte de Marthe sans avoir rien à lui dire. Il entrait, en disant qu'il était très-pressé, qu'il ne pourrait pas rester plus de cinq minutes avec elle, et finalement il restait là des heures durant, parlant peu mais regardant beaucoup, en revanche. Ses moindres mouvements, les plus petites choses qu'elle faisait, avaient pour lui de l'intérêt. Préparait-elle le thé, il ne perdait pas un de ses gestes. Était-elle à coudre, il admirait l'agilité avec laquelle elle maniait son aiguille. Une fois, qu'elle se retourna sans qu'il s'y attendît, elle le vit ramasser un bout de ruban qui était tombé de ses cheveux, et le mettre dans sa poche. Elle sourit et rougit. Bref, Edward Harker se trouvait, comme tant d'autres avant et après lui, dans cette position souvent gauche de l'homme qui aime, sans oser le dire.

Marthe, du moins, soupçonnait-elle cet atta-
chement ? Généralement ces choses n'échappent
pas aux femmes; mais Mrs Sylvester ne disait
jamais le moindre mot qui pût encourager le
detective. S'il nourrissait l'espoir que le souvenir de son mari tendait à s'effacer de sa pensée, cet espoir ne reposait sur rien. Toutes les
fois, au contraire, que la jeune femme parlait
de Tom, c'était dans les termes les plus tendres.
Le mal qu'il lui avait fait, elle l'oubliait, pour
ne se rappeler que de ses bonnes qualités. Et
quand Edward Harker insinua qu'il serait peut-
être convenable qu'elle portât un chapeau de
veuve, elle répondit qu'elle n'en ferait rien tant
qu'elle pourrait espérer que son mari n'était pas
mort.

Le pauvre detective souffrait cruellement de
la voir toujours dans ces idées. Sans expérience
du caractère de la femme, il ne s'expliquait pas
qu'une créature aussi distinguée, aussi honnête
que Marthe pût demeurer attachée à un être
qu'il tenait, lui, pour un dangereux aventurier.
Pour éclaircir ce mystère, il demanda un jour,
à brûle-pourpoint, à la jeune femme si son
mari avait toujours été bon pour elle.

— La bonté même, fit-elle d'un air pénétré.
Jamais il ne m'a dit un mot dur.

— Quel genre d'homme était-ce? continua
l'inspecteur désappointé.

— Un bel homme, élancé, un peu plus grand que vous, avec de beaux yeux bleus, doux comme ceux d'un enfant. Et quel bon sourire il avait ! Jamais je n'ai connu un caractère méilleur, plus facile à contenter, plus prompt à pardonner. Vingt fois, j'ai entendu M. Forest lui dire des choses que je n'aurais pas pu supporter. Lui, en riait, ajoutant qu'il ne se fâcherait avec personne tant qu'il m'aurait auprès de lui.

— C'est égal ; il vous a fait faire d'étranges connaissances et mener une vie pour le moins singulière.

— Mais non, répondit Marthe avec un air d'ingénuité qui frappa le detective. Nous voyagions beaucoup et nous étions toujours heureux, sauf quand il perdait aux courses ; et, même dans ses moments-là, sa bonne humeur reprenait le dessus sur ses soucis. — « Nous aurons plus de chance une autre fois ! » disait-il, et on parlait d'autre chose. J'avais fini par m'intéresser aux chevaux. Je savais les noms des principaux jockeys, et, quelquefois, j'aidais Tom à *balancer* son livre, autrement dit à voir comment ses paris se trouvaient répartis.

— Jolie occupation pour une femme comme vous !

— Ça m'amusait. Ah ! vous ne connaissez pas l'émotion qu'on ressent quand on voit courir un cheval qui porte, comme disait Tom, votre dîner sur son dos.

— Mais comment votre mari ne préférait-il pas une position stable à cette vie errante et incertaine, demanda Harker, qui avait un mépris professionnel pour toutes les situations irrégulières. Les gens qui vivent du jeu et de paris ne sont considérés nulle part, surtout quand ils ont des amis comme Slippery Dick.

— Ah! vous avez raison. C'est bien M. Forest qui a été la cause de tous les malheurs de mon mari, répondit Marthe d'une voix triste. Mais que pouvait-il faire contre un pareil être? Ils avaient été élevés ensemble, et Tom était si confiant! Jamais il ne croyait au mal.

Cette conversation évoquait chez Marthe de pénibles souvenirs. Elle fondit en larmes. Harker la regarda, d'un air désolé.

« Je vois que vous aimiez beaucoup votre mari, M⁣ʳᵉ Sylvester, reprit-il.

— Je l'adorais.

— Vous donneriez bien des choses pour le revoir, n'est-ce pas? Supposez, cependant, que vous le retrouviez en prison et que vous acquériez la preuve qu'il est coupable; l'aimeriez-vous encore?

— Je ne l'en aimerais que davantage, fit Marthe avec passion. C'était le meilleur des êtres, et s'il avait jamais commis un crime, c'eût été par faiblesse de caractère, par dévouement pour un ami. J'ai promis devant Dieu, le jour de notre mariage, de l'aimer « dans la peine comme dans la joie, jusqu'à ce que la mort nous sépare » et j'accepterais, de grand cœur, de retourner dans ma cellule si, à ce prix, je pouvais être sûre qu'il est heureux. »

Lorsque l'amour d'une femme s'élève à cette hauteur, l'homme ne peut que courber la tête. Harker sortit, le cœur navré, sans courage et sans espoir. Sa profession elle-même, qu'il avait tant aimée, lui était maintenant à charge. Il en voulait à Marthe; il se promit de ne plus chercher à la voir et de lui témoigner une extrême froideur quand le hasard les ferait se rencontrer. Mais un jour ne s'était pas passé, qu'il revenait à elle, plus humble et plus épris que jamais.

Il commença à faire attention à sa toilette, lui qui s'en était si peu occupé jusque-là. Il acheta de nouveaux vêtements, de jolies cravates; il fit tailler sa barbe à la dernière mode. Marthe payait trente shellings par semaine, pour sa nourriture et son logement. Edward Harker recommanda à sa sœur de lui servir chaque jour des viandes rôties, des plats sucrés, dut-elle y perdre. Il apportait, le soir, des fleurs et des fruits, et Marthe trouvait, tous les matins, un nouveau bouquet sur sa table.

Mrs Tibbet ne tarda pas à découvrir que son frère aimait *sa* locataire, comme elle l'appelait ; et, le premier moment d'étonnement passé, elle en fut, en somme, satisfaite. Marthe avait gagné ses bonnes grâces en s'offrant à surveiller les enfants, les jours où leur mère était trop occupée, en sorte qu'Edward Harker n'eut pas grand'chose à dire pour la déterminer à s'intéresser à ses amours.

— La Bible enseigne, Mrs Sylvester, dit-elle un soir à la jeune femme, que nous ne sommes pas faits pour vivre seuls.

— Alors, il faut vous remarier, Mrs Tibbet, répliqua Marthe.

— Oh ! moi... c'est... différent, reprit mistress Tibbet avec l'air consterné du joueur qui s'est vu prendre son plus bel atout. Quand on a cinq enfants, dont un encore au maillot, on ne peut guère songer au mariage, ce qui ne veut pas dire, pourtant, que si je rencontrais quelqu'un qui me convînt et qui voulût de moi, je refuserais de l'écouter.

— Eh bien ! je vous souhaite de trouver cette perle, fit Marthe en souriant.

— Mais ce n'est pas de moi dont je voulais parler, Mrs Sylvester, quand je disais qu'une veuve, jeune et jolie, ne doit pas vivre seule : c'est de vous.

— Il se peut que je sois veuve, dit Marthe

d'une voix grave, mais je ne m'en dois pas moins à mon mari.

— Vous ne parlerez pas toujours comme cela, reprit Mrs Tibbet qui n'était pas romanesque. Un de ces matins, vous vous remarierez.

— Jamais, jamais, fit Marthe avec solennité.

Quand ce mot de « jamais » fut redit à Harker, il courut à sa chambre, et y resta longtemps la tête enfoncée dans ses mains. Combien les criminels qu'il avait poursuivis eussent ri à ses dépens, s'ils avaient pu le voir se lamenter ainsi, à propos d'une femme qui venait de subir cinq années de prison !

CHAPITRE XI

SLIPPERY DICK

Les demandes de renseignements, transmises par la presse, amenèrent des réponses nombreuses, mais oiseuses, pour la plupart du moins. Edward Harker reçut des monceaux de lettres contenant le signalement de gens, en pardessus foncé, qu'on avait vus passer, le soir du crime, dans les parages du Temple, un parapluie marron à la main. Mais les diverses enquêtes auxquelles il se livra, sur la foi de ces avis, plus ou moins conformes à la vérité, n'eurent d'autre résultat que de le rendre certain que l'avocat n'avait été nulle part en sortant de chez lady Brierley. C'était donc dans la rue qu'il avait rencontré le meurtrier.

Naturellement, « LA MYSTÉRIEUSE AFFAIRE DU TEMPLE » devint le thème favori de toutes les conversations ; et l'impuissance de la police à découvrir le coupable fournit matière à plusieurs articles bien sentis. Les autorités de Scotland yard s'émurent, firent comparaître Harker, l'interrogèrent, le pressèrent et finirent par lui déclarer que son nom se trouvait tellement mêlé à tout ce bruit, que de l'arrestation du coupable dépendait maintenant toute sa carrière.

Le chef de la police était loin de se douter que l'espoir d'avancer entrait pour bien peu dans le désir qu'avait Harker de mener à bonne fin l'affaire du Temple ; mais il faisait de son mieux pour stimuler le zèle de son subordonné. Quant à celui-ci, il était de plus en plus persuadé que le drame d'Eldon Court et l'histoire de Marthe se tenaient, et qu'il réussirait à l'établir s'il découvrait l'hôtel que M^r et Mrs Ridgway habitaient lors de l'arrestation de la jeune femme. Malheureusement, cette découverte semblait presque impossible. Beaucoup de maîtres d'hôtels écrivirent ; de fait, tous ceux qui, dans le cours des cinq dernières années, avaient vu des voyageurs disparaître sans acquitter leurs notes se crurent autorisés à correspondre avec le detective. Mais chaque fois qu'il en vint à visiter les lieux, il reconnut plus ou moins vite qu'il n'était pas sur la vraie piste.

A la fin, cependant, le billet suivant lui arriva :

« La propriétaire du Californian-Hotel, Carmen street, a l'honneur de faire savoir à l'inspecteur de police Harker qu'il y a environ cinq ans, un capitaine Thomas et sa femme sont descendus chez elle, et qu'ils y ont passé deux nuits. Ils ont disparu en laissant des valises et des malles semblables à celles dont parlent les journaux : bagage qui était plus que suffisant pour couvrir leurs dépenses, leur note, effectivement, ne s'élevant qu'à deux livres et deux ou trois shillings. M\rs Burleigh se tient à la disposition de l'inspecteur Harker pour compléter, si besoin est, ces renseignements. »

Edward Harker ne douta pas un instant que la personne dont il était question dans cette lettre ne fût le mari de Marthe. Celui-ci s'était fait inscrire à l'hôtel sous le nom de Thomas, tout en disant à sa femme qu'il prendrait celui de Ridgway ; il n'y avait rien là que de conforme aux habitudes des gens qui visent à se cacher. Il partit de suite pour la cité et n'eut pas, cette fois, à regretter sa peine, car le Californian-Hotel était bien celui où Marthe avait logé. M\rs Burleigh avait vendu le bagage des fugitifs, comme elle les appelait, pour rentrer dans ses avances ; mais elle avait gardé quelques menus objets, dont elle n'eût pu se défaire, et les avait mis de côté, dans un tiroir. Ce fut là que le detective trouva, dans une boîte à cartes, les *dix* photographies de Marthe, à côté d'un carnet recouvert en velours bleu : là aussi qu'il mit la main sur une lettre débutant par ces

mots : « Mon cher Tom, » et finissant ainsi :
« Ton ami Dick ! »

Le jour commençait donc à se faire.

La photographie saisie chez l'avocat était évidemment celle qui avait été, jadis, entre les
mains de Dick Forest ; le doute sur ce point
n'était pas possible. Il ne restait plus qu'à com-
parer l'écriture de la lettre découverte à l'hôtel
avec celle de Leo Meredith. Si les deux écritures
étaient identiques, le blessé d'Eldon Court et
Slippery Dick ne faisaient qu'un.

Les employés de la police éprouvent une satisfaction réelle et légitime à se sentir sur le point
de s'emparer d'un grand coupable.

En quittant la Cité, l'inspecteur Harker n'é-
tait plus reconnaissable ; son front s'était déridé
et l'avenir lui semblait teinté de rose. Il jugea
inutile d'amener Marthe à l'hôtel ; les indications qu'elle donnerait étaient maintenant su-
perflues, et il tenait beaucoup à écarter de son
esprit tout ce qui pouvait lui rappeler le passé.
Mieux valait ne rien lui dire, jusqu'à ce qu'il
fût en mesure de lui porter des nouvelles positi-
ves, qui assureraient définitivement son repos.

Il arriva chez l'avocat, et il n'y était pas depuis cinq minutes, qu'il tenait déjà entre les
mains la plus importante des preuves groupées
si intelligemment par ses soins. L'écriture de
Meredith et celle de Dick se ressemblaient telle-

ment, qu'un coup d'œil suffit à lui montrer qu'elles étaient l'œuvre de la même main.

Harker voulut entrer dans la chambre du malade, comme pour couver des yeux l'homme qu'il comptait bientôt livrer à la justice, mais le médecin lui défendit d'y pénétrer. Le blessé venait de passer par une crise violente; il dormait à présent d'un sommeil lourd, fiévreux, qui pourrait bien n'avoir pas de réveil; il fallait le laisser seul et faire autour de lui un silence absolu.

S'il mourait! songea le detective. Jamais, jusqu'ici, il n'avait envisagé cette perspective. Tout entier à la tâche qu'il s'était imposée, il ne s'était guère occupé de l'état de Leo Meredith. Il avait toujours considéré son rétablissement comme certain. Maintenant qu'il entendait exprimer des doutes à cet égard, il voyait comme une porte de fer se dresser soudainement devant lui, pour lui barrer la route de l'avenir.

Car si Meredith mourait, tout le fruit de ses recherches serait perdu; ses espérances à l'endroit de Marthe s'évanouiraient. L'avocat emporterait avec lui dans un autre monde le secret de son identité, et l'innocence de Mrs Sylvester ne pourrait plus jamais être établie. Harker avait peur de faire le moindre bruit: il retenait jusqu'à son souffle, de peur de troubler le sommeil du malade; il interrogeait d'un œil anxieux la physionomie des médecins. Lady. Brierley lui tint compagnie, et dut se féliciter de ce qu'il fût aussi préoccupé, car il ne lui posa pas une seule question.

Oui, il était préoccupé. Qu'il eût découvert Slippery Dick, c'était certain ; mais après ? Suffirait-il d'un rapprochement entre deux écritures pour justifier l'arrestation de l'avocat, soit comme faux-monnayeur, soit comme assassin du capitaine Thomas ? On ne lance pas, à la légère, un mandat d'amener, en Angleterre. Écrire à Reuben Grummy, le mettre à brûle-pourpoint en face de Meredith et lui demander si ce n'était pas là Slippery Dick, ne servirait à rien. Grummy avait été, probablement, l'un des complices de Dick, et il aurait tout intérêt à le sauver. La seule chose à faire à présent était de retrouver l'assassin de Meredith, et Harker ne voyait aucun moyen d'y parvenir.

Il se promena de long en large, des heures durant, comme un lion dans sa cage, sans perdre des yeux un seul instant la porte de communication entre la chambre du blessé et la pièce où il s'était retiré. De temps en temps, il regardait la pendule d'un air impatient et inquiet. Il aurait donné des années de sa vie pour que Leo Meredith fût sauvé.

Ses inquiétudes à cet égard finirent par être levées. Un des médecins rentra dans la biblio-

thèque et déclara que le blessé était maintenant
hors de danger.

— Ce sommeil si profond lui a fait du bien
ajouta-t-il. Il vient de se réveiller et de prononcer distinctement le nom de « Tom ». A-t-il
un ami ou un frère de ce nom ?

Harker poussa un soupir d'allégement, et en
deux enjambées fut auprès de Meredith. Mais
son empressement n'eut pas de résultat, car le
malade s'était tu et la façon dont il regardait
autour de lui, d'un œil vague, indiquait qu'il
n'avait pas repris encore le fil de ses idées.

— Oh! Léo... Oh! M\ Meredith, vous voilà
donc sauvé, s'écria lady Brierley en s'agenouillant au pied du lit.

— J'ai été très-malade, n'est-ce pas ? balbutia
le blessé.

— Vous avez donné de l'inquiétude, mais vous
êtes maintenant hors de danger, dit Harker...
Et quel est donc ce Tom que vous appeliez tout
à l'heure? Voulez-vous qu'on l'envoie chercher?

— Je n'ai pas parlé de Tom, répondit l'avocat, d'un air embarrassé. Vous avez mal compris.

Le docteur intervint, et défendit qu'on fît
causer son malade. Mais Edward Harker savait
ce qu'il voulait, et ce fut d'un air résolu qu'il
revint dans la bibliothèque et qu'il commença à
saisir tous les papiers de l'avocat. Certain que
l'homme dans la pièce à coté était un criminel,

il n'avait plus de raisons pour se gêner et c'était le plus tranquillement du monde qu'il ouvrait les tiroirs, s'emparait des lettres, les numérotait, etc., quand lady Brierley, qui vint à passer, poussa un cri de surprise.

— Que faites-vous là, Mr Harker, dit-elle d'un ton indigné. M. Meredith est revenu à lui et nous n'avons plus le droit de toucher à rien, ici, sans l'en prévenir.

— C'est possible, milady, fit Harker sans se troubler. Mais, en attendant, il est de mon devoir de vous interdire l'accès de la chambre de M. Meredith.

— Vous perdez la tête, reprit lady Brierley, qui semblait confondue d'autant d'audace.

— Un detective restera en faction, nuit et jour, dans cette chambre, continua l'inspecteur, et je crois vous rendre service en vous engageant à parler le moins possible de M. Meredith à vos amis, car l'heure approche où vous regretterez de l'avoir connu.

— Il est fou! dit lady Brierley, pâle de colère et un peu effrayée.

En effet, la physionomie de Harker avait pris une expression singulière, pendant qu'il causait avec lady Brierley. Ses yeux se tenaient fixés sur un billet de quelques lignes qu'il avait trouvé dans le bureau, et en même temps sa main cherchait dans ses poches le carnet couvert en velours bleu. Il compara les deux écritures et devint horriblement pâle, comme un homme frappé par un malheur soudain.

C'est que le carnet était celui de Tom, et que l'écriture en était identique à celle du billet. Le mari de Marthe vivait donc!

CHAPITRE XII

TOM RIDGWAY

Le billet en question était ainsi conçu :

« Veuillez m'écrire à *l'ancienne adresse*, et me dire catégoriquement, une fois pour toutes, quelle somme il vous faut. Je n'entends plus perdre mon temps en correspondance et en entrevues avec vous. »

Il n'y avait rien de plus. L'enveloppe portait le timbre du bureau de Charing Cross et la date, très-reconnaissable dans l'empreinte, était antérieure de deux jours seulement à celle de la tentative d'assassinat.

Or, du moment que Tom Sylvester avait écrit à l'avocat, il était présumable que c'était lui qui avait cherché à tuer Meredith, et Harker n'eut pas de peine à se représenter les diverses scènes du drame qui avait dû se jouer entre ces deux individus. Meredith s'était trouvé, sans doute, en possession de documents compromettants pour Tom Sylvester, et il avait refusé de les lui rendre autrement qu'à prix d'or. Tom s'était alors arrangé pour rencontrer Meredith ; il l'a-

vait accompagné jusque chez lui, et là, à la suite
d'une discussion ardente, il l'avait frappé d'un
coup de tisonnier. Après quoi, il avait fouillé
dans le bureau; il y avait trouvé ses papiers, il
les avait pris avec lui et avait fui.

Une lutte s'engagea dans l'esprit de l'inspecteur. Poursuivrait-il encore cette triste affaire,
ou laisserait-il les choses aller comme elles vou-
draient? Le mari de Marthe, puisqu'il n'était
pas mort, l'avait évidemment abandonnée lâche-
ment. A quoi bon s'employer à le rendre à sa
femme? Il était indigne d'elle. Quant à lui faire
expier sa tentative de meurtre, la justice, fran-
chement, pouvait s'en dispenser, car Slippery
Dick, au bout du compte, avait été traité selon
ses œuvres. Laissons les deux misérables vider
ensemble leurs différends, songea Harker; mais
qu'au moins Marthe Sylvester soit tranquille,
qu'elle continue à croire que son mari est mort,
qu'elle puisse, si elle le veut,... se remarier...

Sur ce dernier point, il hésitait. Il respectait
la loi; il reculait devant l'idée qu'une femme
pourrait contracter une nouvelle union, du vivant de son premier mari. Tout épris qu'il était,
il sentait qu'il aurait d'éternels remords s'il se
prêtait à une pareille chose! Pourtant, se résigner à renoncer à Marthe était au-dessus de ses
forces. Il se dit qu'il songerait mûrement à tout
cela, et qu'en attendant, il ferait son devoir.

Avouons, cependant, que sa conscience n'était pas seule à le presser de poursuivre jusqu'au bout l'auteur du crime d'Eldon Court. Il était tourmenté par le désir de voir quel genre d'homme c'était que ce Tom Sylvester; il lui plaisait de pénétrer dans tous les mystères de cette existence ténébreuse. Après, quand il le tiendrait en son pouvoir, il serait toujours temps de prendre une résolution définitive.

Edward Harker laissa un detective dans l'appartement de Leo Meredith, en lui recommandant de ne pas le perdre de vue, sans pourtant se rendre gênant, et sortit pour aller à *Seven Dials*. Les mots *l'ancienne adresse* lui donnaient à penser que le vieux Grummy pourrait le renseigner : dans tous les cas, il avait intérêt à faire parler le chiffonnier et à le questionner sur le compte de Dick.

L'après-midi était déjà avancée lorsqu'il arriva à la boutique de Hockley Row, et, vue dans ce demi-jour, l'échoppe paraissait plus dégoûtante encore que d'habitude. Grummy était derrière son comptoir, trempant de longues tranches de pain et de beurre dans une tasse de thé, et semblait visiblement abattu. Harker, qui lisait dans les physionomies des gens de cette espèce comme dans un livre, devina tout de suite qu'il s'était passé du nouveau.

— Eh bien, Grummy, fit-il sans autre préambule, vous avez eu des nouvelles de Slippery Dick et de Tom Ridgway. Racontez-moi cela.

— Je ne sais rien du tout, *mishter* Harker, rien, absolument rien, je vous le jure, répondit le chiffonnier, qui passa en même temps par toutes les couleurs de l'arc-en-ciel.

— Pas de mensonges avec moi, reprit le detective en mettant la main sur l'épaule de Grummy. Slippery Dick a adressé ici, le 4 ou le 5, une lettre que Tom Ridgway est venu chercher.

— Mais non, je vous l'assure, répéta Grummy, de plus en plus ému.

— Avez-vous envie de coucher en prison?

— En prison? Et pourquoi, mon bon *mishter* Harker? Je suis un honnête homme. Vous ne pouvez pas m'arrêter parce que je ne réponds pas à vos questions.

— Soit. Mais je puis vous donner cinq livres pour parler. Les voici; vous voyez que je suis de bonne composition, et je prends l'engagement que, quoi que vous disiez, il ne vous sera rien fait.

Grummy fut ébranlé. Il traversa l'échoppe et regarda dans la rue; il passa l'inspection de son arrière-boutique, le tout pour s'assurer que personne ne pouvait l'entendre, puis il s'approcha de l'inspecteur et lui dit à voix basse :

— Vous saurez tout, *mishter* Harker, non pas à cause de vos cinq livres, mais à cause de cette pauvre Marthe Ridgway qui est venue loger chez vous, d'après ce que m'a dit Mac Isaacs.

— Elle est toujours dans ma maison, reprit le detective, qui tourna la tête au même instant, car il sentit qu'il rougissait.

— Ah! elle y est encore, s'écria Grummy, étonné. Vous n'avez pas eu honte ou peur, vous, agent de police, de vivre sous le même toit qu'une condamnée? Eh bien! vous êtes un brave homme, et je le soutiendrai envers et contre tous.

— C'est bon, interrompit l'inspecteur, auquel les compliments du chiffonnier causaient un certain embarras. Mais arrivez à votre affaire et soyez persuadé que tout ce que vous me direz ne pourra qu'être utile à Mrs Sylvester ou Ridgway.

— Eh bien, alors, je vais vous dire, reprit Grummy d'une voix sépulcrale. J'ai vu Tom Ridgway, oui, lui-même, et ma foi! j'ai eu grand' peur. Il me semblait voir un revenant.

— Il est venu demander une lettre de Slippery Dick?

— Oui. Et cette lettre-là, aussi, m'a bien ému, car je ne voulais plus avoir de rapports avec ces deux individus. Ils ont failli me faire envoyer aux galères. Cependant, je l'ai gardée, et c'est Tom en personne qui est venu la réclamer. Il avait l'air d'un duc avec ses beaux habits, ses gants frais et ses grandes manières. « Bonjour Grummy, me dit-il; vous devez avoir reçu quelque chose pour moi. Voici un billet de cinq livres pour votre peine. » Un billet tout neuf, s'il vous plaît, et un vrai, je vous en réponds.

— Il n'a pas demandé de nouvelles de sa femme? fit Harker, qui sembla attendre avec anxiété la réponse du marchand de chiffons.

— Non, répondit Grummy, et, de mon côté, j'étais trop bouleversé pour songer à lui en parler. En partant, seulement, il s'est penché vers moi et m'a dit à l'oreille : « Et ma pauvre Patty, vous en souvenez-vous, mon vieux Reuben ? Ce fut un mauvais jour que celui où je l'amenai ici. » Là-dessus, il a lu sa lettre et puis il est parti, après l'avoir déchirée en deux et jetée dans le ruisseau, comme un homme en colère.

— Vous n'avez pas ramassé les morceaux ?

— Je n'y ai pas manqué, fit Grummy en ricanant.

— Et qu'y avait-il dedans?

— Rien que ces trois mots-ci : *Vingt mille livres*. Pas un iota de plus.

Il y eut une pause. Les enfants de la rue continuaient à jouer; des chiens se mirent à aboyer; Harker regardait la porte d'un air distrait. Il semblait hésiter à poursuivre ses questions.

« Ainsi, vous n'avez pas eu l'occcasion de dire à Tom Ridgway que sa femme vivait encore, reprit-il enfin.

— Non, et je suis sûr qu'il la croit morte.

— Qui vous fait présumer cela?

— Dame! puisqu'il va se remarier.

— Qu'en savez-vous? demanda Harker d'une voix que l'émotion faisait trembler.

— Ah! les affaires sont les affaires, master Harker, répondit Grummy. Quand je vis Tom Ridgway avec ces airs de grand seigneur, je songeai que je pourrais avoir besoin de lui un jour ou l'autre, et qu'il était prudent de connaître son adresse. Donc je le suivis. Il sauta dans un superbe brougham qui l'attendait un peu plus loin, et moi je pris un cab en disant au cocher de suivre l'autre voiture. Ça n'était pas commode, parce qu'elle allait la poste; mais enfin nous parvînmes à ne pas la perdre de vue, et je vis Tom descendre devant un magnifique hôtel. Tenez, parions quelque chose que vous n'êtes pas capable de deviner qui il est maintenant.

— Pas de plaisanteries; je n'ai pas de temps à perdre, fit Harker sèchement.

— Tom Ridgway est baronnet aujourd'hui. Il s'appelle sir Richard Gaveston, et va épouser, sous peu de jours, une des héritières de la Cité. J'espère que voilà de grosses nouvelles ! »

CHAPITRE XIII

Grummy donna à Harker l'adresse de sir Richard Gaveston : il demeurait dans Pall Mall. Le detective prit une voiture, et s'y fit conduire immédiatement.

La maison où habitait le baronnet n'était pas un hôtel, comme l'avait dit le chiffonnier ; c'était une grande maison meublée, évidemment occupée par des gens riches.

Les gens de la police sont tous passés maîtres dans l'art de dominer leurs émotions et de prendre des physionomies de circonstance. Ce fut donc d'un air tout à fait dégagé et naturel que l'inspecteur Harker demanda au portier le numéro de la chambre occupée par sir Richard.

— Escalier C, n° 2, répondit l'homme; mais vous ne le trouverez pas ?

— Il est sorti ?

Le portier parut surpris de la question.

— Sorti ? mais il s'est marié ce matin.

— Ah ! il est marié, fit Harker, d'un ton indifférent, quoiqu'il fût, au fond, bouleversé par cette nouvelle. Il sera allé passer sa lune de miel quelque part?

— Sur le continent, je crois, répondit l'homme, qui aurait peut-être coupé court au dialogue sans deux demi-couronnes que l'inspecteur Harker lui glissa dans la main.

La vue des pièces d'argent produisit l'effet habituel.

« Sir Richard Gaveston s'est marié ce matin à l'église de Saint-George, Hanover square, reprit le portier.

— Un riche mariage, n'est-ce pas?

— Oui, il a épousé une certaine miss Cashford, une des héritières de la Cité. Elle est jolie aussi, par-dessus le marché.

— Alors ils feront à eux deux un couple bien assorti, dit Edward Harker, car sir Richard est riche et très-joli garçon.

— Beau garçon, je ne dis pas ; mais riche, j'en doute fort. Il n'y a pas longtemps qu'il a hérité de ses propriétés, et on prétend qu'elles étaient toutes hypothéquées. Puis, sir Richard est assez dépensier. Depuis six mois qu'il est ici, j'ai vu pas mal d'argent filer entre ses mains, et j'imagine qu'il avait grand besoin de faire un bon mariage.

— C'est un grand amateur de courses, si je ne me trompe?

— Peut-être ; je n'en sais rien.

— Ses amis sont tous un peu extravagants ; je ne dis pas seulement M. Meredith, mais d'autres encore ?

— Le nom de Meredith m'est inconnu, fit l'homme. Au reste, sir Richard avait fort peu d'amis. Il vivait beaucoup seul.

— Est-il donc taciturne ?

— Peut-être pas ; mais il paraît sérieux, et je ne crois pas qu'il aime le monde.

— Rentrait-il, le soir, à des heures régulières ?

— Je le suppose ; toutefois, le portier qui fait le service de nuit vous renseignerait mieux que moi à cet égard, répondit l'homme, qui tenait à ne pas empiéter sur les prérogatives de son collègue. Mais vous ne connaissez donc pas sir Richard que vous me faites toutes ces questions ?

— Oh ! si ; je l'ai connu ; seulement, il y a longtemps que je ne l'ai vu. Vous dites qu'il est sur le continent. Serait-il à Paris, par hasard ?

— Non ; ils ont dû aller sur les bords du Rhin, car j'ai lu : Cologne, via Ostende, sur les adresses de leur bagage. »

Le detective n'avait plus rien à demander. Il fit un signe de tête au portier, comme pour lui annoncer que son interrogatoire était terminé, et courut aussitôt Scotland Yard.

Cinq heures sonnaient à l'horloge de Westminster, et il lui restait peu de temps avant le départ du train de Douvres, qu'il avait résolu de prendre le jour même. Il était peu probable que sir Richard eût frété un *steamer* pour lui tout seul; sa femme et lui ne pouvaient donc traverser la Manche que par le bateau du soir, et il était, dès lors, certain de les rejoindre.

Mais se munirait-il, avant de partir, d'un mandat d'amener contre le baronnet? Il encourrait une grave responsabilité s'il l'arrêtait de son autorité privée; et, d'autre part, s'il confiait ses soupçons aux magistrats et à ses supérieurs, il aurait les mains liées dorénavant. Il serait forcé d'appréhender sir Richard, et Marthe apprendrait du même coup la résurrection et la mise en prison de son mari!

Tout cela était si embarrassant, qu'Edward Harker n'avait encore pris aucun parti lorsqu'il arriva à Scotland Yard. Le chef de la police avait déjà quitté son bureau, et il est probable que, s'il l'eût rencontré, le detective, homme de devoir par-dessus tout, lui aurait tout raconté. Mais le sous-chef seul se trouvait encore là. C'était un faiseur d'embarras, un esprit timoré, à qui l'aristocratie inspirait un respect mêlé de crainte, et Harker pressentit qu'en s'adressant à lui il n'en obtiendrait qu'une longue tirade sur le danger qu'il y a à vouloir se mêler des affaires des gens bien posés. Il fut donc, simplement, prévenir un de ses collègues qu'il allait s'absenter pour suivre l'affaire Meredith et lui recommanda de surveiller le blessé, sans que celui-ci pût, cependant, s'apercevoir qu'il était arrêté.

Harker ne mit pas plus de cinq minutes à donner ces instructions; mais, avant de quitter le quartier général de la police, il monta à la bibibliothèque et se fit apporter un *Almanach des postes* et un *Annuaire de la noblesse.* L'un lui apprit qu'il y avait effectivement, dans la Cité, un banquier du nom de Cashford; l'autre lui fournit quelques renseignements sur sir Richard Gaveston :

Le baronnet avait fait ses études à Westminster, et avait été officier pendant deux ou trois ans.

Alors il s'achemina en grande hâte vers Vincent Square. Sa sœur causait avec la laitière, à la porte, et il lui demanda si Mrs Sylvester était chez elle.

— Non, Ned, dit Mrs Tibbet. Elle est sortie avec les enfants, et je ne les attends qu'à la nuit, car ils ont pris le thé avant de partir.

Le detective eut un instant de découragement. Tout à l'heure, en marchant, il avait presque peur de trouver Marthe à la maison; son absence maintenant lui semblait un malheur. Si elle n'était pas là à sept heures, il serait forcé de partir seul pour Douvres, ce qui dérangeait tous ses plans. Or, il était six heures, et, à cette époque de l'année, la nuit ne se fait pas avant neuf heures. A quoi se décider? Mrs Tibbet ne savait pas où ils étaient allés; elle les avait vus traverser le square, comme pour gagner l'endroit où les écoliers du collége de Westminster jouent au cricket, mais où étaient-ils à présent?

Harker songea qu'il se pouvait que Mrs Sylvester et les enfants fussent restés à voir jouer les collégiens, et cette prévision se trouva confirmée.

Ils étaient tous là, au bord de la Tamise, et l'inspecteur, avec son œil de lynx, les eut vite aperçus. Mais Marthe ne le vit pas venir; ses yeux s'étaient cloués sur ce pénitencier où elle avait passé cinq années et qu'on apercevait du banc où elle était, et les cris des enfants à la vue de leur oncle ne réussirent même pas à la distraire.

— Mrs Sylvester, dit Harker en la saluant, je viens vous demander si vous voulez prendre avec moi, ce soir, le train de Douvres?

CHAPITRE XIV

— A Douvres?

— Oui. Je suis chargé d'une poursuite pour laquelle je puis avoir besoin de votre témoignage. Ne vous inquiétez pas de la dépense. Vous voyagez à titre de témoin, et tous les frais seront payés par l'administration de la police. La seule chose que vous ayez à faire, c'est de mettre un peu de linge dans un sac de nuit que je vous prêterai.

— Je serai prête en cinq minutes, dit Marthe étonnée. Et elle ajouta, avec une curiosité bien naturelle : Ne pouvez-vous pas me dire le but de ce voyage?

— Vous le saurez bientôt. En attendant, et dans votre intérêt, je vous prie de ne pas me questionner, fit Harker en s'essuyant le front. Vous avez foi en moi, n'est-ce pas, Mrs Sylvester?

— Assurément, répondit Marthe, une foi entière. Je vous suivrai où vous voudrez. Serons-nous longtemps absents?

— Un jour ou deux, au plus. Mais il est prudent de prendre avec vous du linge pour une semaine.

Marthe ne manqua pas de remarquer l'agitation quasi fébrile du detective, son air pressé et sa physionomie anxieuse. Pourquoi l'emmenait-il à Douvres? Lui-même eût été embarrassé de le dire, car il n'avait pas l'intention de la mettre en présence de son mari. Il se laisserait guider par les circonstances, mais il croyait utile d'avoir auprès de lui la femme de sir Richard pour être prêt à faire face à toutes les éventualités. Combien il se félicita, alors, de n'avoir pas requis un mandat d'amener contre le capitaine! Il aurait eu les mains liées; il eût fallu, bon gré mal gré, qu'il arrêtât le mari de Marthe, au risque de briser le cœur de cette jeune femme qui marchait là, à ses côtés, douce, belle, confiante, entourée de petits enfants qui l'aimaient comme une mère. Pour la première fois, l'incorruptible Harker, que rien, jamais, n'avait pu écarter de la ligne du devoir, se sentit prêt à faire passer les intérêts de la justice après ceux de son affection. N'est-il donc pas de nature qu'une femme ne puisse changer ?

On retourna à Vincent-Square, aussi vite que le permirent les petites jambes des enfants. Marthe ne posa plus de question à son ami, mais son esprit n'en travaillait que davantage. Harker lui avait promis de l'aider à retrouver son

mari ; c'était, sans doute, dans ce but qu'il l'em-
menait à Douvres. Elle se dit que le detective
avait réussi à découvrir quelques-uns des anciens amis de Tom, et cette pensée donna à ses
mains une activité fiévreuse, tandis qu'elle faisait ses apprêts de voyage.

Ils arrivèrent à temps pour prendre le train
et Harker demanda deux billets de première
classe. Seul, il aurait voyagé en secondes ;
mais la présence de Marthe le rendait moins
économe. Il lui acheta, à la gare, une couverture, un *waterproof*, des journaux illustrés, quelques sandwichs et un flacon de sherry :
une jeune mariée n'eût pas été l'objet de plus
d'attentions et de soins. Elle acceptait tout cela
naturellement, comme font les femmes quand on
les gâte ; mais sa curiosité fut si surexcitée par
toutes ces prévenances, qu'à peine le train en
marche, elle essaya de faire parler Harker,
voire de l'embarrasser en lui demandant « comment il avait été amené à soupçonner que M. Meredith pourrait bien être Slippery Dick ».

Mais Harker avait l'habitude d'éluder les
questions difficiles et toutes les ruses de la jeune
femme furent sans prise sur lui. Le train faisait
du bruit ; ils n'étaient pas seuls dans le wagon ;
impossible de causer dans ces conditions. Elle fit
une petite moue, se renfonça dans son coin,
ferma les yeux et finit bientôt par s'endormir,

pour ne se réveiller qu'en arrivant au terme de leur court voyage.

La gare de Douvres n'est qu'à deux pas de l'hôtel de *Lord Warden,* où le detective et Marthe descendirent. Harker demanda une bonne chambre pour la jeune femme, et lui fit servir du thé. Puis il lui dit bonsoir, ajoutant qu'il espérait pouvoir lui expliquer, le lendemain matin, la raison pour laquelle il l'avait priée de venir avec lui. Elle lui répondit d'un ton assez froid, car les femmes n'aiment pas à être traitées en enfants, et, d'ailleurs, la réserve de son ami lui semblait être un manque de confiance à son égard.

Libre de ses mouvements, le detective alla au bureau de l'hôtel et demanda si sir Richard Gaveston n'avait pas encore quitté la ville. On lui répondit qu'il était là, qu'il passerait la nuit avec sa femme au *Lord Warden*, et qu'ils partiraient le matin pour Calais, à bord d'un yacht de plaisance appartenant à un ami de sir Richard. Onze heures sonnaient à cet instant ; Edward Harker prit le propriétaire de l'hôtel à part, et lui dit qu'il était detective.

« Il faut que je voie immédiatement le baronnet, ajouta-t-il, qu'il dorme ou non. Tâchez qu'il n'y ait pas de scandale dans l'hôtel.

— Vous êtes detective, reprit le maître du *Lord Warden,* d'un air qui indiquait combien il lui semblait étrange qu'on osât déranger, à pareille heure, un membre de l'aristocratie. Est-ce que, par hasard...

— Sir Richard a demandé certains renseignements à l'administration de la police, interrompit l'inspecteur, et on m'envoie les lui porter.

— Vous ne pouvez pas attendre jusqu'à demain pour les lui donner ? fit le maître d'hôtel, qui ne manquait pas de sagacité.

— Non ; pas même une heure, dit Harker sèchement. J'ai des ordres formels, que nous n'avons, ni vous ni moi, le droit de discuter. Voulez-vous me donner une enveloppe ?

L'inspecteur écrivit au crayon sur sa carte : *De la part du Chef de la police. Affaire urgente,* la mit dans l'enveloppe et allait la remettre à un domestique, lorsque l'idée lui vint qu'il valait mieux qu'il commençât par envoyer savoir si sir Richard était seul.

Il apprit ainsi, au bout de peu d'instants, que lady Gaveston s'était retirée dans son appartement, mais que le baronnet était encore dans le salon. Ses vœux étaient servis à souhait. Harker dit au garçon de remettre sa carte et, au lieu de l'attendre, il le suivit de si près, que l'hôtelier en resta stupéfait.

— Faites entrer, dit une voix, après un instant de silence. Et Harker pénétra dans un salon somptueusement meublé,qu'éclairaient plusieurs becs de gaz.

Il entra la tête haute, quoique vivement ému, et se trouva en face d'un homme de trente-cinq ans, beau garçon, distingué, qui lui fit aussitôt signe de prendre un siége. Il était très-pâle et regardait l'inspecteur d'un œil hagard et suppliant.

— Vous êtes detective? fit-il, en essayant de paraître calme.

— Oui, sir Richard, et je suis chargé de vous arrêter comme auteur d'une tentative d'assassinat commise sur la personne de M. Meredith, jadis votre associé, sous le nom de Dick Forest, à l'époque où vous vous faisiez appeler le capitaine Sylvester ou Ridgway.

Sir Richard tressaillit. Ce fut tout.

— Parlez plus bas, reprit-il en montrant la porte de la pièce voisine. Ma femme est là.

— Ne sait-elle donc rien de votre vie passée ?

— Rien.

Sir Richard fit un mouvement comme s'il eût médité d'aller se barricader dans la chambre à côté, et d'aviser de là à s'évader ; mais Harker le prévint et se plaça près de lui à le toucher. Alors il eut un geste de désespoir.

— Dois-je partir avec vous pour Londres ce soir même? demanda-t-il d'une voix sourde.

— Il est trop tard pour partir ce soir, et je

vous épargnerai de passer la nuit au poste, en restant ici auprès de vous.

— Vous avez un mandat d'amener naturellement ?

— Je n'en ai pas, mais cela importe peu.

Sir Richard ne parut pas de cet avis. Il releva la tête, et une lueur d'espérance brilla dans ses yeux.

« Vous n'avez pas le droit de m'arrêter sans mandat, reprit-il, en prenant un ton plus assuré.

— Je vous engage, dans votre intérêt, fit Harker en le regardant fixement, à ne pas discuter mes droits. Si je disais au maître d'hôtel que vous êtes soupçonné d'assassinat, il ne manquerait pas de gens ici pour vous garder pendant que j'irais demander aux magistrats de Douvres un mandat d'amener contre vous.

— Je suis perdu, répondit le baronnet déconcerté.

— J'aurai pour vous tous les égards possibles, reprit l'inspecteur, qui songeait à Marthe, sans doute.

— Alors, laissez-moi dire un mot à ma femme.

— C'est impossible, répliqua le detective. Je ne vous permettrai pas de vous éloigner un seul instant, avant que vous m'ayez dit ce que vous avez fait depuis cinq ans et ce qui vous a porté à vouloir tuer Slippery Dick.

— Vous voulez que je m'accuse moi-même, fit remarquer le baronnet; mais tout ce que je dirai sera utilisé contre moi, quand on me jugera.

— Tout ce que vous me direz demeurera entre nous.

— Quelle garantie en ai-je ?

— Ignorez-vous donc que je perdrais ma place si l'on savait que je me suis permis de vous interroger, au lieu de me borner à vous arrêter[1]. Au surplus, vous êtes libre de ne pas me répondre; mais je vous avertis que, dans votre intérêt, il vaut mieux que vous parliez.

Y eut-il dans le ton, dans les manières du detective quelque chose qui inspira confiance au baronnet, ou céda-t-il simplement à ce besoin d'épanchement qui s'empare, souvent, des criminels, lorsqu'ils se voient placés au pied du mur. Toujours est-il qu'après un instant de réflexion, sir Richard déclara qu'il dirait tout.

« Asseyez-vous, fit-il en désignant un siége à l'inspecteur.

1. En Angleterre, un accusé n'est jamais interrogé ni pendant l'instruction, ni au cours de son procès. Il est libre, d'ailleurs, de parler s'il le juge utile à sa défense; mais aucune question ne lui est posée, et sa culpabilité doit être établie « *en dehors* » de lui. C'est une des plus belles et des plus nobles dispositions de la loi anglaise.

CHAPITRE XV

LES MARIAGES DE SIR RICHARD GAVESTON

Sir Richard, on l'a vu, pouvait avoir trente-cinq ans. Il était élancé et bien pris. Sa physionomie avait cet air particulier qu'on appelle « aristocratique » en parlant des grands de ce monde, et « intelligent », — tout simplement, s'il s'agit du commun des mortels. Son front était haut, dégagé ; ses yeux fins et bien découpés. Mais le bas de sa figure indiquait une nature faible ; la bouche, surtout, manquait de fermeté.

.Bien que sa voix fût douce, et l'ensemble de ses manières agréable, Edward Harker était loin d'éprouver pour lui la moindre compassion, et le baronnet, qui en eut conscience, s'apprêta à parler, avec cet air gêné de l'homme qui se sent qu'il est en face d'un auditeur peu sympathique à sa personne. Il s'appuya contre le manteau de la cheminée, et regarda l'inspecteur :

— Puis-je savoir, dit-il, de quel droit vous m'interrogez ? La loi anglaise défend de questionner un accusé.

— C'est vrai ; mon devoir serait de vous mettre les menottes et de vous faire conduire au poste

par deux agents, fit l'inspecteur d'un ton glacial.
Aussi, vous ai-je prévenu que c'était dans votre
intérêt, et non dans le mien, que je vous mettais
à même de vous défendre, avant que je décide
si je vous arrêterai.

— Je comprends; vous avez pitié de ma pauvre
femme, reprit sir Richard. Mais comment
me risquer à parler devant vous, lorsque je sais
que toutes mes paroles pourront être retournées
contre moi, devant la cour.

— Je vous ai déjà dit que je ne répéterai rien,
fit Harker sur un ton solennel. Vous pouvez
vous fier à ma parole. D'ailleurs, si je vous arrête
tout à l'heure, je donnerai demain ma démission
pour m'en aller, ensuite, n'importe où.
Le séjour de l'Angleterre me sera devenu intolérable.

Sir Richard regarda le detective, et sembla se
demander s'il n'était pas l'objet d'une mystification.

— Que savez-vous sur moi? reprit-il.

— Beaucoup de choses, fit Harker sur un ton
méprisant. Après avoir connu Leo Maredith au
collége, vous en avez fait le compagnon de votre
vie d'aventures et le complice de vos mauvaises
actions. Après avoir épousé, sous un faux nom,
une miss Marthe Mildway, que vous croyiez
riche, vous l'avez traînée de ville en ville, au milieu
de gens sans aveu, et vous avez fini par en

faire l'instrument d'une bande de faux-monnayeurs dont vous étiez l'un des principaux affiliés. Enfin vous avez mis le comble à vos infamies, en abandonnant cette malheureuse, après l'avoir vu condamner à cinq ans de travaux forcés.

La voix d'Harker tremblait d'indignation, et il tourna la tête, comme si la vue de l'homme qui avait fait le malheur de Marthe lui eût été insupportable. En même temps, la physionomie de sir Richard prit une expression d'étonnement, d'épouvante, qu'aucun mot ne saurait décrire.

— Marthe aux travaux forcés ! fit-il d'une voix rauque. Qui vous a dit cela ?

— Voudriez-vous prétendre que vous n'en saviez rien, dit Harker avec dégoût ? Vous n'ignorez pas, cependant, que votre femme a été arrêtée pour avoir passé de la fausse monnaie, et que, traduite en cour d'assises, elle a été mise aux travaux forcés.

— Sur mon âme, je l'ignorais, s'écria sir Richard. On m'a dit qu'elle était morte, que l'émotion qu'elle avait eue en se voyant arrêter lui avait fait faire une fausse couche, et que deux heures après son arrivée à la maison d'arrêt elle avait rendu le dernier soupir.

— Et vous n'avez pas songé à vous assurer, vous-même, si cela était vrai ? demanda l'inspecteur en haussant les épaules.

— Je ne le pouvais pas, répondit sir Richard, dont les traits se contractèrent, comme sous l'influence de souvenirs pénibles. Pendant deux ans, j'ai été privé de ma liberté.

Étrange tête-à-tête que celui de ces hommes, dont l'un, marié le matin, passait sa première nuit de noces à raconter à un detective des choses qu'il croyait oubliées pour toujours! Au dehors, la mer déferlait ses vagues sur la jetée; et le bruit du vent qui venait, de temps à autre, se mêler à ce dialogue d'un baronnet et d'un agent de police rendait la scène plus dramatique encore. Vers deux heures, une certaine animation se fit dans l'hôtel : le bateau d'Ostende allait partir. Des voyageurs quittaient leurs chambres; des portes s'ouvraient et se refermaient; le pas des hommes de peine, venant chercher le bagage, résonnait dans les corridors.

— Vous n'avez pas dit dans l'hôtel que vous veniez pour m'arrêter? demanda sir Richard.

— Personne n'en sait rien, répondit Harker. Mais veuillez m'expliquer vos dernières paroles. Vous avez été dans une maison de fous?

— Quel changement! quel contraste! fit le baronnet, oubliant la question du detective pour suivre le cours de ses propres pensées. Il y a quelques heures à peine, ceux qui m'ont vu passer dans cette maison, avec ma jeune femme au bras, m'ont cru le plus heureux

des hommes; tout le monde me jetait des re-
gards d'envie. Et, maintenant, le dernier pauvre de la rue ne voudrait pas changer de position avec moi!

— Si vous aviez une conscience, vous n'auriez
pas été plus satisfait de vous-même, il y a une
heure qu'à présent, répliqua le detective. Vous
auriez deviné que toutes vos fautes, que tous vos
crimes ne pouvaient pas demeurer impunis. Mais
je ne suis pas ici pour vous faire de la morale.
Répondez-moi avec franchise: c'est ce que vous
avez de mieux à faire.

Le baronnet prit une chaise, mit sa tête dans
ses mains pendant quelques instants pour mieux
rappeler ses souvenirs, et commença à parler avec
une telle volubilité, qu'on eût pu croire qu'il lisait dans un livre:

— Vous me trouvez bien méprisable, master
Harker, dit-il, et vous avez raison jusqu'à un
certain point. J'ai fait de vilaines choses, et pourtant je ne suis pas aussi corrompu que vous le
pensez. Leo Meredith a été le mauvais génie de
ma vie! Nous avons été élevés ensemble, et il a
pris sur moi un terrible ascendant sans que je
sache pourquoi. Je l'admirais, et en même temps
je le craignais. Il était plus intelligent que moi,
plus vigoureux et plus adroit. Toutes ces qualités physiques, qui ont tant de prestige auprès des
enfants, il les possédait au plus haut degré. Mais

il avait, même au collège, un goût effréné pour la dépense, et ce goût, qui n'a fait que grandir, a causé notre perte à tous les deux. Nous nous séparâmes en quittant Westminster ; il étudia le droit, et j'entrai dans l'armée. Mais nous nous écrivions continuellement, et j'étais depuis deux ans au régiment, quand je reçus de lui une lettre pressante où il me suppliait d'endosser des billets souscrits par lui. Après avoir hésité, j'y consentis.

— Malgré le peu de cas que vous faisiez de sa délicatesse ?

— Mon Dieu ! j'étais vis-à-vis de lui comme un frère cadet vis-à-vis de son aîné : il faisait de moi ce qu'il voulait. Il me disait sans cesse qu'on devient riche quand on le veut et que, pour sa part, il entendait avoir fait fortune avant longtemps. Je le savais habile ; j'eus foi dans ses projets ; je m'y associai même. Malheureusement, toutes les spéculations dans lesquelles je m'embarquai avec lui avortèrent, et je perdis ainsi, peu à peu, mon patrimoine. Les billets ne furent pas payés ; il fallut que j'y fisse honneur à sa place, et j'en fus bientôt réduit à vendre mon grade pour pouvoir faire face aux engagements que j'avais pris pour lui.

— Et vous êtes demeurés bons amis, malgré cela ?

— Nous nous sommes brouillés pendant quel-

que temps ; puis les circonstances nous rappro-
chèrent. Mon départ de l'armée avait ameuté
contre moi ma famille ; des soucis de toutes
sortes fondirent, en outre, sur moi ; bref, je me
trouvai dans cet état d'esprit où la société d'un
homme de ressources comme Meredith devient un
bien inappréciable. Il voyait toujours tout en
beau ; il avait des expédients pour tout; il me
remontait comme un ressort de montre et, enfin,
il ne cessait de me dire que, si je suivais ses avis,
il m'aurait bientôt remboursé, ce qui achevait de
m'attacher à lui. Nous nous mîmes à nous occuper de chevaux et de courses, sous des noms
d'emprunt, pour n'être pas reconnus de nos anciens camarades, et nous gagnâmes d'abord beaucoup d'argent.

— De quelle façon ? fit l'inspecteur sur le ton
du dédain.

— Comme *bookmakers*, reprit le baronnet.
Nous songeâmes un instant à monter une agence
de paris ; mais le gouvernement les interdit
précisément à ce moment, et ce fut même cette
circonstance qui jeta Meredith dans la voie qui
nous a tous perdus.

— La fausse monnaie, n'est-ce pas ? dit Harker. Mais, à cette époque-là, vous aviez déjà
épousé miss Mildway.

— Oui, fit sir Richard avec un soupir qui
ressemblait à l'expression d'un remords. Pauvre

petite femme ! je lui avais d'abord fait la cour, parce que j'avais ouï-dire qu'elle était riche ; mais peu à peu je me mis à l'aimer pour elle-même, et je puis vous jurer que, tant que nous fûmes ensemble, je n'eus jamais pour elle un mauvais procédé.

Edward Harker se rappela que Marthe lui avait dit la même chose. Il ne se sentait pas mieux disposé envers le misérable qu'il avait devant lui ; mais il songeait que s'il était coupable, d'autres l'étaient encore davantage.

« Si vous aimiez votre femme, dit-il, vous le lui avez prouvé d'une singulière façon en en faisant votre complice.

— Vous n'allez pas croire ce que je vais vous dire, continua sir Richard avec un geste suppliant ; mais je vous affirme que je ne savais rien du rôle que Dick Forest faisait jouer à Marthe. Il s'était associé à une bande de faux-monnayeurs, qui avait besoin de quelqu'un pour écouler ses billets et ses souverains. Patty avait l'air ingénu, de bonnes façons ; tout en elle inspirait la confiance ; c'était bien là la femme qu'il leur fallait. Mais Dick savait que je ne me prêterais à aucun acte notoirement malhonnête ; il me fit croire qu'il allait monter une agence d'émigration et que la maison de *Seven Dials* était l'endroit où s'imprimaient ses prospectus. De fait, il me donna un certain nombre d'imprimés pour

que je les distribuasse dans Londres, et je me figu-
rais que Marthe en faisait autant de son côté.

— Vous voulez que je croie que vous laissiez
votre femme courir les rues toute la journée,
sans lui demander ce qu'elle y faisait ?

— Je reconnais que cela peut vous paraître
invraisemblable, répondit sir Richard en soupirant. Mais Meredith m'avait prié de ne pas la
questionner, et j'avais tellement pris l'habitude
de lui obéir aveuglément, que je n'eus pas l'idée
d'enfreindre sa recommandation, tout étrange
qu'elle me semblait. Il m'expliquera cela, à l'occasion, songeais-je. Marthe sortit donc deux
jours de suite. Un soir, en rentrant, elle se
plaignit d'être fatiguée ; mais elle ne me donna aucun détail, et j'imagine que Dick avait
dû lui conter, pour s'assurer sa discrétion, qu'il
me ménageait une grande surprise. Le troisième
jour, pourtant, je lui déclarai que la santé de
Marthe s'opposait à ce qu'elle fît longtemps ce
métier-là. Il me répondit que bientôt il n'aurait
plus besoin d'elle, et je la laissai aller... pour ne
plus jamais la revoir.

Sir Richard Gaveston éclata en sanglots. Ce
n'était pas une comédie qu'il jouait là ; ses larmes
étaient sincères, son émotion réelle et, pour la
première fois, depuis le début de leur entretien,
le detective se sentit pris de pitié pour le mari
de Marthe.

— Continuez, fit-il d'une voix moins dure.

— Ce que je me rappelle de cette affreuse journée sera vite dit, reprit le baronnet en s'essuyant les yeux. J'étais sorti comme d'habitude, et, en arrivant le soir dans *Seven Dials*, j'appris que Marthe était arrêtée. Dick vint à moi au même instant, et me prit à part pour m'expliquer les faits. Quand je sus qu'elle était accusée de faux-monnayage, je voulus courir au bureau de police pour la justifier : mais Dick me retint. Il craignait que je ne le compromisse en cherchant à sauver ma femme, et ce fut alors qu'il m'assura qu'elle était morte de saisissement. Je refusai de le croire ; il m'offrit de me conduire à l'hôpital où l'on transporterait son corps ; le reste... je ne m'en souviens plus. Pendant deux ans, j'ai perdu la mémoire, et c'est seulement plus tard, quand la raison me fut revenue, que j'appris qu'on m'avait retiré de la Tamise, avec une large blessure à la tête, au moment où j'allais me noyer. J'ignore qui m'a frappé, qui m'a jeté à l'eau ; j'ai toujours cru que c'était Dick, et, maintenant, j'en suis certain.

— Qu'avez-vous fait en quittant l'établissement où l'on vous a soigné ?

— Je suis entré dans un régiment de cavalerie. Là, j'avais moins de chances de rencontrer Meredith, ni aucun de mes anciens amis.

— Vous ne vous êtes pas inquiété de votre femme ?

— Si ; j'ai fait faire des annonces dans les journaux, mais sans résultat. Un jour, pourtant, je reçus un écrit anonyme ; on m'y disait qu'elle était morte dans les circonstances que Dick m'avait rapportées. Alors je crus qu'effectivement l'émotion l'avait tuée.

— Combien de temps êtes-vous resté dans l'armée ?

— Environ un an. Mon oncle mourut à cette époque, et me laissa ses terres et son titre, bien qu'il eût menacé de me déshériter.

— Ce fut alors, sans doute, que Leo Meredith recommença ses obsessions ?

— Oui, répondit sir Richard, dont le regard brillait de haine et de colère. Il est habile, et il a réussi à cacher qu'il n'était autre que Dick Forest. Après l'affaire de la fausse monnaie, il a, je crois, trouvé des gens qui l'ont aidé à s'établir comme avocat ; et, au moment où j'héritai, sa situation paraissait bonne. Il ne m'en écrivit pas moins pour me demander de l'argent et, lorsque le bruit de mon mariage commença à se répandre, il eut le cynisme de me dire que si je ne lui donnais pas vingt mille livres, il enverrait à mon futur beau-père des documents qui m'eussent perdu.

— C'est pour cela que vous avez cherché à le tuer ?

— J'ai voulu m'en débarrasser comme d'un animal dangereux et malfaisant, répliqua le baronnet en serrant les poings, et dût-on me pendre pour cela, je soutiendrais que j'ai eu raison. Si je lui avai donné la somme qu'il demandait, il se fût livré, quinze jours après, à un nouveau chantage, et je serais resté sous sa domination toute ma vie. Je suis allé chez lui; je lui ai offert cinq mille livres, s'il voulait me rendre les papiers en question; promesses, prières, raisonnements, tout a été sans action sur lui. Mon mariage était décidé; je voulais mener une existence honnête, digne de la jeune femme qui m'a donné son cœur; je vis l'infâme Meredith se dresser pour toujours entre l'avenir et moi, et, dans le paroxysme de la colère, je saisis le tisonnier qui était sous ma main et le frappai. Il tomba; je courus au secrétaire où je supposais que se trouvaient les papiers; je les pris et sortis sans plus m'inquiéter de lui que d'un chien. Meredith peut se rétablir, mais il ne lui sera plus possible maintenant de me compromettre sans se trahir lui-même. Les documents qu'il détenait ont été jetés au feu.

Cette dernière phrase parut embarrasser l'inspecteur.

— Comment aurait-il pu vous nuire auparavant, demanda-t-il, sans s'exposer lui-même?

Avez-vous donc commis un crime dont il n'aurait pas été le complice ?

— Mon dieu! je puis bien vous dire toute la
vérité, fit sir Richard, que cette conversation
avait surexcité ; j'ai été bigame.

— Que dites-vous là ?

— Écoutez-moi, reprit le baronnet en arpen-
tant le salon de long en large. Je vous ai dit
qu'après avoir quitté l'armée, je m'étais vu aux
prises avec des chagrins de toute nature. Ces
chagrins les voici : Étant en garnison, j'avais eu
la folie de m'éprendre d'une femme plus âgée
que moi. Son caractère laissait à désirer, et ma
ruine acheva de lui faire perdre toute retenue.
Elle se mit à boire ; elle s'enivra ; je fus forcé de
la faire enfermer. A l'époque où j'épousai Marthe
Mildway sous un faux nom, elle vivait encore :
mais je savais qu'elle n'en avait pas pour longtemps, — les médecins me l'ayant dit maintes
fois,—et je vous jure que, sans les événements qui
nous ont séparés, j'aurais tout réparé en épousant Marthe une seconde fois sous mon vrai nom.

Edward Harker s'était levé et semblait maintenant plus agité que son interlocuteur.

« Au point de vue de la loi, Marthe n'a donc
jamais été votre femme, demanda-t-il d'une voix
émue ?

— Hélas ! non, jamais, répliqua le baronnet
en baissant la tête d'un air confus.

— De sorte que, si le hasard faisait qu'elle fût vivante, elle n'aurait aucun droit à porter votre nom et votre mariage d'aujourd'hui serait seul légal ?

— Mon mariage d'aujourd'hui est inattaquable, car ma première femme n'est plus de ce monde, répondit sir Richard Gaveston. Mais auriez-vous lieu de croire que Marthe n'est pas morte? répéta-t-il, les mains jointes, l'air anxieux, les yeux démesurément ouverts.

— Non, fit Harker, en reprenant son calme ; non, Dick Forest vous a dit la vérité : Marthe Mildway est morte il y a cinq ans. »

CHAPITRE XVI

LA DÉCOUVERTE DE MARTHE

La pendule placée sur la cheminée sonna trois heures et demie.

Sir Richard Gaveston, succombant sous le poids de l'émotion, s'était laissé tomber dans un fauteuil : image vivante du désespoir. Dans la chambre à côté dormait la jeune femme qui devait lui donner toute une vie de bonheur; ici, en face de lui, était le detective qui allait le faire asseoir sur le banc de l'infamie. Tant qu'il avait parlé, ses nerfs l'avaient soutenu ; à présent qu'il avait achevé sa triste histoire, l'avenir, l'avenir sombre se dressait devant lui et il courbait la tête en gémissant.

Edward Harker considérait son prisonnier. Sa physionomie froide et sévère s'était détendue. Il ressentait un certain intérêt, surtout beaucoup de pitié pour le malheureux dont il venait d'entendre la confession.

— Je vous souhaite une bonne nuit, sir Richard, dit-il.

— Et qui va me garder? demanda le baronnet sans relever la tête.

— Votre femme; ça suffit, répliqua le detective. Et il ajouta presque aussitôt : « J'étais
venu ici pour vous arrêter, sir Richard, de mon
autorité privée ; mais personne ne sait que je
vous soupçonne d'être l'auteur du crime du Temple, et personne ne le saura jamais. Si M. Meredith vous avait attaqué, dans la rue ou ailleurs, et que vous l'eussiez tué, la loi vous eût
reconnu le droit de vous défendre et vous aurait
laissé en liberté. Or, il a fait pis que de vous
frapper ; il a corrompu votre jeunesse ; il a fait
de vous sa dupe et son complice; il ne mérite
pas d'être vengé. »

Un condamné à mort auquel on viendrait dire
qu'il est gracié ne manifesterait pas plus de joie
et de surprise que ne le fit le baronnet en entendant le detective. A peine en pouvait-il croire
ses oreilles, et quand enfin il eut compris, il
tomba à genoux, et Harker l'entendit qui répétait, au milieu de sanglots :

« O ma pauvre Myra ! »

— Si vous aimez vraiment votre femme, tâchez de réparer par votre conduite envers elle,
le mal que vous avez fait à d'autres, dit Harker
d'une voix grave. Et il allait sortir, lorsqu'une
forme blanche ouvrit doucement la porte et entra dans le salon.

C'était lady Gaveston, qui avait entendu les
sanglots de son mari et qui venait savoir ce

qu'il avait. Elle était enveloppée dans un peignoir de cachemire blanc, sur lequel son visage
se détachait à peine, tant elle était pâle de surprise et d'effroi. Il ne l'entendit pas et continua
à sangloter ; et elle, ayant interrogé des yeux le
detective sans obtenir de réponse, s'agenouilla
instinctivement auprès de son mari en enlaçant
son cou avec ses bras. Edward Harker se retira
silencieusement. Cette scène mettait sa conscience en repos. Sir Richard et sa femme
s'aimaient tendrement l'un l'autre, et quelles
qu'eussent été les fautes du baronnet, elles
étaient de celles qui échappent à la justice humaine pour ne relever que de celle d'en haut.

Harker avait dit à sir Richard que Marthe
était morte ; il s'en applaudissait. A quoi bon,
en effet, vouloir les réunir lorsque les circonstances faisaient qu'un rapprochement serait
pour chacun d'eux une véritable catastrophe ?
Marthe n'avait plus maintenant qu'un protec-
teur au monde : c'était le detective. Tant pis
pour lui, si elle refusait de devenir sa femme ;
il n'en serait ni moins dévoué, ni moins attentif à son égard. Mais *si* (et, à ce mot, les traits
de l'inspecteur perdaient leur air sévère), si elle
consentait à l'épouser, de quels efforts ne serait-
il pas capable pour lui faire oublier tout ce
qu'elle avait souffert ?

Il alla à sa chambre à coucher, mais le som-

meil fut long à lui venir, au milieu des mille
pensées qui l'occupaient. Il comptait retourner
le lendemain à Londres avec Marthe, et sa première visite serait pour Meredith. L'ancien
faux-monnayeur, se voyant découvert, prendrait
peur sans doute, et quitterait le pays; c'était ce
qu'on pouvait désirer de mieux. Cela fait, il
donnerait sa démission. En n'arrêtant pas sir
Richard, il avait failli à son devoir; il avait
agi en juge, alors qu'il n'eût dû être qu'un
instrument aveugle. Tout nobles, tout généreux
qu'étaient les motifs de sa conduite, ils ne l'empêchaient pas d'avoir commis une faute, et il
se sentirait désormais gêné devant ses supérieurs.

Oui, il donnerait sa démission, et, si Marthe
le voulait, il partirait avec elle pour le Nou-
veau-Monde. Il avait des économies; il aban-
donnerait à sa sœur la part qui lui revenait
dans la maison de Vincent Square; et, une fois
là-bas, en Amérique, dans un pays nouveau où
rien ne leur rappellerait le passé, ils pourraient peut-être, la chance les aidant, vivre
heureux.

Edward Harker finit par s'assoupir, tout en
roulant dans sa tête ses plans d'avenir, et
comme il était accablé par l'émotion et la fatigue, il dormit bien et longtemps. Marthe,
elle, ne put pas fermer l'œil. Le thé qu'on lui

avait servi avait achevé d'exciter ses nerfs; elle se remit à songer aux bizarres incidents qui avaient marqué sa journée. Pourquoi Edward Harker avait-il refusé, avec tant de persistance, de l'initier au but de leur voyage à Douvres? Était-ce qu'il espérait que ce voyage aurait un résultat heureux, pour elle, sans en être, cependant, suffisamment certain pour ne pas redouter un désappointement qu'il avait voulu lui épargner en ne lui disant rien? Mais il devait savoir qu'elle avait appris, durant ses longues épreuves, la résignation et la patience.

Et puis, en agissant tout seul, ne s'exposait-il pas à laisser échapper des indices, des preuves dont elle aurait pu lui révéler l'importance, s'il l'avait associée à ses recherches?

Préoccupée par cette pensée, elle se leva au petit jour et sonna. Une femme de chambre frappa aussitôt à sa porte. Marthe lui dit qu'un *gentleman* nommé Harker avait voyagé avec elle, et qu'elle désirait lui parler sur-le-champ. Mais la réponse qu'on lui fit n'était pas de nature à la calmer : « M. Harker a pris le nº 159, madame, vint dire la servante ; mais je n'ai pu lui faire votre commission. Il est auprès de sir Richard Gaveston.

— Sir Richard Gaveston; qui est-ce ?

— Un *gentleman*, madame, qui doit être riche, à en juger par ses bagages. Il s'est marié hier à Londres, et passe la nuit ici avec sa jeune femme. Ils partent aujourd'hui pour le continent. »

Il n'est jamais question de mariage, même incidemment, devant une femme, sans qu'elle y prenne intérêt. Marthe, d'ailleurs, avait besoin de se distraire, fatiguée qu'elle était de causer depuis des heures avec elle-même, et une conversation s'engagea entre elle et la servante sur lady Gaveston, sur son mari, sur les domestiques qu'ils emmenaient avec eux, sur le yacht à vapeur qui devait les conduire à Ostende, et qu'on avait repeint en leur honneur.

— Vous pourriez le voir d'ici, madame, s'il faisait plus clair, dit la femme de chambre en s'approchant de la fenêtre ; il est près de la jetée. Mais comme la mer est grosse ! Les nouveaux mariés courent le risque d'avoir une traversée désagréable. Marthe se sentit curieuse de connaître le jeune couple dont la servante d'hôtel venait de lui vanter les airs affables et distingués. Elle se mit à sa fenêtre dès qu'elle fut toute seule, et essaya de voir dans la demi-obscurité. Le vent soufflait avec une certaine force, les vagues se couvraient de cimes écumantes. Marthe se rappela le jour où, elle aussi, s'était mariée, et les tristes années qui s'étaient succédé pour elle, depuis lors, se déroulèrent dans sa pensée.

En vain essayait-elle de chasser ces souvenirs qui venaient brusquement l'assiéger. L'image d'une fiancée en blanc était là devant elle, triste et pensive. Le jour se fit tout à fait, et la trouva appuyée sur la balustrade de la croisée. Le ciel était sombre, le vent augmentait peu à peu de violence. Elle s'habilla et se rendit, vers neuf heures, à la salle à manger. La richesse de l'ameublement, les grandes glaces le long des murs, le linge damassé sur les tables, tout encore, dans cette pièce, lui rappelait ce temps où elle vivait heureuse auprès de Tom, où il la conduisait dans les meilleurs hôtels, comme sir Gaveston avec sa femme. Elle envoya demander si Harker était levé. On lui dit qu'il ne s'était couché qu'à quatre heures et qu'il devait dormir encore. Cela la contraria beaucoup. Il lui tardait de savoir ce qui l'avait amené auprès de sir Richard et pourquoi ils avaient eu une si longue conversation ; mais elle aimait trop son ami pour ne pas respecter son repos lorsqu'elle supposait qu'il devait être fatigué.

— Quelle affreuse traversée ! fit un vieillard en costume de voyage, qui était assis dans la salle à manger. Nous avons mis neuf heures, d'Ostende ici. Ah ! je ne comprends pas qu'on s'aventure sur mer par un pareil temps, quand on n'est pas pressé et qu'on a à ses ordres un yacht prêt à partir à la première éclaircie.

— C'est probablement un caprice de jeune femme, dit un autre voyageur.

— Les femmes sont souvent plus braves que les hommes, dit une dame âgée, en prenant sa lorgnette. Mais le temps est vraiment bien mauvais, et ces jeunes mariés devraient laisser passer l'orage avant de s'embarquer.

— Sir Richard Gaveston compte-t-il donc partir malgré cette pluie et ce vent? demanda Marthe à la vieille dame, en rougissant un peu de se mêler à la conversation.

— Mais oui, fit la dame, enchantée de se voir un auditeur de plus. Leur yacht est sous vapeur le long de la jetée. On devrait les engager à attendre; c'est toujours imprudent de traverser la Manche avec un temps pareil... Tenez! les voici qui sortent; décidément, ils veulent partir.

Tout le monde se précipita à la fenêtre, et Marthe se trouva au premier rang. Des domestiques sortaient de l'hôtel avec des paquets à la main, ou avec des malles sur les épaules. Derrière eux, marchaient un homme et une jeune femme en costumes de voyage.

— Voilà sir Richard, fit une voix. Comme il a l'air pâle!

— Où le voyez-vous donc? demanda Marthe qui, dans son empressement à voir le personnage auprès de qui Harker avait passé la nuit, regardait justement du mauvais côté.

Quelqu'un le lui montra. Elle frémit, jeta un cri perçant et s'élança hors de la salle.

— C'est lui ! c'est lui ! dit-elle. Qu'on me laisse passer!

On se rangea pour lui livrer passage, et chacun la prit pour une folle.

————

CHAPITRE XVII

Il était près de dix heures lorsque Edward Harker fut réveillé en sursaut par un bruit singulier qui ébranla tout l'hôtel.

Il s'assit dans son lit et se frotta les yeux ; puis il se leva et ouvrit les volets. Le ciel était gris, le vent soufflait en tempête : la mer était si forte, qu'un petit yacht à vapeur qu'on apercevait à trois milles de la jetée semblait danser sur les vagues comme un bouchon de liége ; le tonnerre grondait avec fracas. C'était le bruit de la foudre qui avait réveillé Edward Harker.

Des pas se firent entendre dans le corridor ; un colloque s'engagea à la porte de la chambre qu'occupait le detective ; puis on frappa.

— M. Harker ?

— Qu'y a-t-il, fit l'inspecteur en passant sa redingote.

— C'est bien vous qui avez voyagé avec la dame du n° 135 ?

— Oui. Est-elle malade ? demanda le detective en courant à la porte.

— Nous ne savons pas ce qu'elle a, reprit le

maître d'hôtel. Elle parait toute souffrante et, de plus, elle divague. A neuf heures, elle est venue dans la salle à manger, pensant vous y trouver. On lui a dit que vous vous étiez couché très-tard ; elle a répondu qu'elle vous attendrait, et elle s'est mise à la fenêtre pour tuer le temps. Tout à coup, sir Richard Gaveston et sa femme ont passé devant sa fenêtre pour se rendre à leur yacht. Elle les a vus, elle a jeté un cri ; puis elle s'est élancée dans la rue, sans manteau, sans chapeau, en disant que son mari était à bord du yacht et qu'elle voulait aller le rejoindre. Un agent de police l'a retenue, l'a ramenée à l'hôtel, malgré ses efforts et ses supplications, et l'a engagée à être plus calme. Elle ne voulait rien entendre ; elle ne cessait pas de parler du « yacht », et quand on lui a dit qu'il venait de partir, elle s'est évanouie. On a envoyé chercher le médecin. Qu'est-ce que cela peut vouloir dire ?

Le moment était mal choisi pour demander des explications au detective. Il descendit l'escalier quatre à quatre, et courut à la chambre où l'on avait provisoirement déposé Marthe. Elle avait repris connaissance, et les gens autour d'elle la tenaient par les bras pour l'empêcher de se lever ou de se faire du mal.

— Mr Harker, s'écria-t-elle en voyant entrer l'inspecteur, mon mari n'est pas mort ;

je viens de le voir, et on ne veut pas me laisser aller auprès de lui.

— Vous vous êtes trompée, répondit le detective en lui serrant la main. Il y a des ressemblances si extraordinaires !

— Trompée ! fit la jeune femme avec un accent désolé. Vous êtes donc comme tous ces gens ici, qui prétendent que j'ai été la dupe d'une illusion. Pourtant je ne suis pas folle, et une femme a des yeux pour reconnaître son mari.

— L'avez-vu de près ? Vous a-t-il aperçue ?

— Je l'ai appelé, mais il n'a pas dû m'entendre, car il ne s'est pas retourné, poursuivit Marthe, dont l'agitation augmentait. A peine l'eus-je vu passer le long de la fenêtre, que j'ai couru dans la rue pour tâcher de le joindre; mais on m'a retenue. C'est pourtant lui, mon Tom !... j'en suis certaine.... et vous m'avez amenée à Douvres parce que vous saviez qu'il y était. De grâce, Mr Harker, dites-moi ce qui s'est passé !

Il eût peut-être été sage de lui cacher la vérité; Harker crut de son devoir de la lui dire. Quand la fatalité vient déjouer les combinaisons les mieux conçues et donner tort à nos calculs, on est toujours tenté de ne pas lutter contre elle. Le detective engagea les personnes qui étaient dans la chambre à se retirer, et, malgré le désir qu'avait chacun d'entendre l'explication d'un incident qui avait mis tout l'hôtel en émoi, il fut bientôt seul avec la jeune femme.

Il ferma alors la porte à clef, s'assit auprès du lit et prit une des mains de Marthe dans les siennes.

— Oui, Mrs Sylvester, votre mari est vivant, dit-il en faisant un effort sur lui-même ; mais je vous supplie de demeurer calme pendant que je vous raconterai tout ce qui a eu lieu depuis hier au soir.

Et, de sa voix la plus tendre, en s'efforçant, avec un soin touchant, d'en atténuer l'effet le plus possible, le detective refit l'histoire qu'on a lue.

Certaines scènes se devinent mieux qu'elles ne se décrivent. Marthe s'était appuyé la tête sur son coude, et écoutait, pâle et tremblante, le récit des malheurs et des fautes de son mari. L'orage se déchaînait au dehors; mais ni le bruit du vent, ni celui de la foudre ne parvenaient à la distraire. Ses yeux immobiles, ses lèvres entr'ouvertes témoignaient de l'avidité avec laquelle elle recueillait toutes les paroles d'Edward Harker. Elle ne dit pas un mot; elle ne fit pas un geste qui eût pu l'interrompre. Lui, ne lui cacha rien, sauf une chose pourtant, qu'un sentiment de compassion l'amena à taire, bien que cette réticence fût loin de servir ses espérances. Il lui laissa ignorer que son mariage avec Richard

Gaveston n'était pas valide au point de vue de la loi ; mais elle sut tout, à part cela.

— Ainsi, il m'a crue morte, et il s'est remarié, s'écria Marthe lorsque le detective eut fini de parler. Pauvre, pauvre Tom ! Ce n'est pas de sa faute, si on l'a trompé... Puis, je suis sûre que miss Cashford l'aime tendrement.

Elle s'assit sur son lit et se mit à parler avec une volubilité toute fébrile :

— Mais non, elle ne pourra jamais l'aimer autant que moi ; lui-même verra la différence quand je l'aurai rejoint... Un baronnet!.. Je suis donc lady Gaveston... Oh ! j'ai toujours pensé, Mr Harker, qu'il appartenait à une grande famille ; il était si distingué dans ses manières, si généreux, si *gentleman* en tout!... Je ne m'étonne pas que toutes les femmes l'aiment... et j'en suis fâchée pour la jeune lady... mais je ne puis pas renoncer à mon mari à cause d'elle... Elle le comprendra lorsqu'elle saura la vérité... Nous irons la lui dire ensemble, Mr Harker. Nous pouvons partir ce soir pour Ostende, et demain j'aurai retrouvé mon pauvre, mon cher Tom.

— Réfléchissez aux conséquences qu'entraînerait pour votre mari l'exécution de ce projet, dit Harker, non sans envisager avec une douleur poignante les émotions nouvelles qu'il lui préparait.

— Quelles conséqences ?

— Si vous faites valoir vos droits d'épouse, les amis de miss Cashford dénonceront sir Richard Gaveston comme bigame. Ils voudront, aussi, connaître les circonstances dans lesquelles ils s'est marié avec vous ; et comme ces circonstances se rattachent à des faits que la loi punit, vos révélations pourront aboutir à l'arrestation de votre mari et à sa condamnation aux travaux forcés.

Marthe frémit d'épouvante. Auprès de ce coup de tonnerre qui la frappait au cœur, qu'étaient les bruits de l'orage qui sévissait avec fureur, à deux pas d'elle.

— Aux travaux forcés ! répéta-t-elle d'une voix brisée. Être cause qu'il souffrirait ce que j'ai enduré : honte, humiliations, brutalités. Non... non... jamais !

Elle retomba en arrière, cacha sa tête dans l'oreiller et resta là, immobile comme une morte. Harker eut peur d'avoir été trop loin. Il mit la main doucement sur son épaule, et essaya de la consoler. Elle ne répondit rien ; seuls, les soubresauts de sa poitrine montraient qu'elle vivait encore.

Cette crise dura une heure, crise affreuse durant laquelle, bien qu'elle parût anéantie, il se livra dans sa pensée une dernière bataille entre ces sentiments qui rendent capable des

grandes choses et ceux qui poussent notre être
au désespoir. Faut-il lui en vouloir, si l'esprit
de sacrifice fut le vaincu ?

— Mon mari appartenir à une autre, tant que
je suis de ce monde! s'écria-t-elle, comme indi-
gnée qu'Harker eût pu lui donner un tel conseil.
Mais c'est me demander l'impossible. Rappelez-
vous ce que j'ai souffert pour lui! Je ne le regrette pas; j'eusse accepté de nouvelles épreuves
encore, à cause de lui; j'en subirais d'autres demain, s'il le fallait. Mais peut-on renoncer à
quelqu'un que l'on aime ainsi?... Non; je ne le
puis pas! Je l'aime avec passion. Je suis prête
à mourir pour lui; mais qu'il soit à une autre,
c'est au-dessus de mes forces!... Qui est-elle,
cette femme? Si elle a vraiment de l'affection
pour lui, elle empêchera ses parents de le poursuivre! Si elle les laisse faire, c'est qu'elle ne
l'aime pas, et alors je lui rendrai service en les
séparant.

— Ses parents pourraient porter plainte, alors
même qu'elle ne le voudrait pas, reprit Harker,
à bout de force et d'arguments.

— Oh! non, ils ne le feront pas, si je me
jette à leurs pieds, si je leur raconte ce qu'a été
ma vie, dit la malheureuse femme, qui ne pouvait se résigner à s'incliner devant la réalité.
Cinq années de souffrances comme les miennes...
Qui peut être indifférent à cela? Il n'est per-

sonne sur terre qui ne serait touché du récit de
mes peines, et la famille de cette femme, elle-
même, trouvera que j'ai raison de réclamer mon
mari.

Edward Harker était dans une cruelle per-
plexité. Apprendrait-il à la malheureuse créature que son mariage n'avait jamais été légal ?
Dans l'état où elle se trouvait, il s'exposait à la
rendre folle. L'abandonnerait-t-il, sans lui rien
dire de plus, à ses espérances, à ses rêves ? Mais
c'était la laisser dans un monde d'illusions,
destinées à s'évanouir tôt ou tard. Il chercha à
tourner la difficulté, à modifier le cours de ses
idées sans achever de lui briser le cœur.

« Vous ne songez pas, reprit-il tout à coup
avec animation, au trouble que vous jetterez
dans l'existence de votre mari. Il vous a aimée,
mais il vous a crue morte et il a pu se remarier,
sans cesser de chérir votre mémoire, sans se
rendre coupable d'une infidélité envers vous ?
Qui vous dit qu'aujourd'hui il n'a pas pour sa
seconde femme autant d'affection qu'il en avait
pour vous ? »

Marthe fut ébranlée. Elle ne répondit rien, et
parut réfléchir. Puis, ses traits prirent soudain
une expression de haine et de colère, et elle regarda fixement le detective.

« Pourquoi me dites-vous cela ? demanda-t-
elle sur un ton menaçant ?

— Parce qu'il est de mon devoir de placer sous vos yeux toutes les conséquences de ce que vous voulez faire, répondit l'inspecteur d'une voix suppliante. Dieu m'est témoin que j'eusse donné ma vie pour que vous pussiez retrouver votre mari et vivre heureuse auprès de lui!

— Ce n'est pas vrai, fit Marthe avec colère. Vous le haïssez, et vous êtes jaloux de mon amour pour lui. Voilà le secret de toutes vos objections. Voilà pourquoi vous me mettez à la torture, avec toutes vos insinuations. Je croyais avoir en vous un ami; j'avais confiance en vous; je suivais vos avis; désormais, je ne prendrai plus conseil que de moi-même. Ce soir, je partirai pour Ostende. »

Harker baissa la tête, et ses yeux se remplirent de larmes.

— Votre affection, en effet, me serait précieuse, Mrs Sylvester, dit-il, mais vous apprendrez un jour que c'est sans arrière-pensée que j'ai cherché à vous venir en aide. Vous voulez partir; je ne vous retiens pas; j'irai même avec vous jusqu'à Ostende. Mais, dans votre intérêt, écoutez une prière...

— Non; plus d'insinuations, reprit Marthe; rien ne m'empêchera de revoir mon mari. Et elle se dirigea vers la porte, comme pour se soustraire aux conseils d'Edward Harker.

— Je voulais simplement vous engager à lui

parler en particulier, sans dire à personne que
vous êtes sa femme, fit le detective.

— Pourquoi cela ? demanda Marthe, devenue
défiante.

— Dans votre intérêt, uniquement ; je vous le
répète, répondit le detective. Voyez d'abord votre mari ; il décidera, alors, ce qu'il y a à faire.

— Je ne veux rien promettre, répliqua Marthe. Seulement, je veux le voir, et je suis sûre
qu'après il ne permettra pas qu'on nous sépare.
Non... jamais il ne me quittera plus.

Marthe ouvrit la porte et sortit. Harker la
suivit en tremblant. Le malheureux, en moins
d'une heure, avait vu s'écrouler ses plus chères
espérances.

CHAPITRE XVIII

Sir Richard Gaveston n'avait pas reconnu Marthe. Il avait marché très-vite, le long de la jetée, et, à peine arrivé à bord, il était descendu dans la cabine avec sa femme. Le bruit de la mer et celui de la machine, le sifflement du vent, les cris des matelots, tous ces bruits multiples qui accompagnent le départ d'un navire, avaient empêché la voix de Marthe de parvenir jusqu'à lui, et personne, sur le yacht, n'avait cru né- cessaire de lui raconter qu'une femme en larmes s'était élancée sur ses pas. Même, on n'y songea pas. Ce n'est point chose facile que de prendre la mer, au milieu d'une tempête, et, du capitaine jusqu'au mousse, chacun était à sa besogne et à son poste. Les vagues grossissaient à vue d'œil, le vent soufflait avec violence ; c'était tenter la Providence que de se mettre en route avec un pareil temps, sans y être forcé par une nécessité impérieuse. Des marins étrangers eussent re- fusé de lever l'ancre ; les matelots anglais firent ce qu'on leur disait, mais le capitaine avait l'air grave et donnait ses ordres de cette voix brève

et sèche qui indique qu'on se sent en face d'un
danger. « Comment sir Richard, songeait-il en
même temps, avait-il pu commettre une pareille
imprudence ? On lui avait dit qu'il courait des
dangers. Ne fût-ce qu'à cause de sa jeune
femme, n'aurait-il pas dû différer son départ ? »

Mais c'était justement la jeune lady Gaveston
qui avait insisté pour qu'on partît. La nuit,
lorsqu'elle avait trouvé son mari à genoux auprès du detective, lorsqu'elle s'était elle-même
précipitée à ses côtés pour être plus prête à le
défendre contre ce péril invisible qui semblait
le menacer, elle avait recueilli ce mot tombé de
ses lèvres : « Que ne sommes-nous bien loin de
l'Angleterre ! »

Après cela, aucune prière n'avait pu la décider à demeurer à Douvres un jour de plus. Elle
savait maintenant qu'il souhaitait d'être loin,
et, quand même il lui aurait juré qu'elle se
trompait, ses yeux, son attitude mal assu-
rée l'eussent empêchée de le croire. Pourquoi,
d'ailleurs, la mer lui aurait-elle fait peur quand
elle était auprès de celui qu'elle aimait ? Elle
arriva à bord presque gaiement, et, à la vue de
cette jeune femme qui venait si bravement af-
fronter la tempête, il se fit dans tout l'équipage
un murmure d'admiration dont sir Richard, soit
dit incidemment, ne laissa pas de se montrer
flatté.

De fait, sir Richard Gaveston avait lieu d'être fier de celle à qui il venait de s'unir. Mais quels charmes secrets possédait donc cet homme pour inspirer autant de dévouement et de tendresse aux deux femmes qu'il avait épousées ?

L'amour est le plus impénétrable des mystères. Qu'un être indigne d'être aimé soit l'objet incessant de l'affection des autres, cela surprend et reste inexplicable. Souvent beauté, fortune, esprit, talents, honneurs sont insuffisants à gagner le cœur de la femme; et un homme aurait-il tous ces mérites à la fois, qu'il ne pourrait encore être certain de lui plaire, car son amour à elle s'appelle charité, la charité qui donne sans regarder à qui elle fait l'aumône. Réjouissons-nous, du reste, qu'il en soit ainsi : combien seraient encore au fond du précipice, combien, qui furent sauvés, auraient péri, si la femme ne donnait son cœur qu'à ceux qui en sont vraiment dignes !

Myra Cashford qui était assez riche pour épouser un pair et qui, par sa beauté, sa grâce et sa bonté, devait se sentir sûre de gagner tous les cœurs, Myra s'était éprise d'un baronnet couvert de dettes, uniquement parce qu'il avait l'air mélancolique et qu'il semblait fuir la société des hommes !

On lui en avait dit du mal, peu de bien pour

le moins; cela n'avait servi qu'à le lui rendre plus cher, et elle éprouvait une véritable joie à songer qu'elle aurait un jour le droit de le dé=fendre à ciel ouvert. C'était une de ces natures charmantes qui semblent faites de franchise, de dévouement et de bonté. Jolie, distinguée, raisonnable comme une femme faite, et, en même temps, gaie comme un enfant, elle aurait pu prétendre à trouver chez celui auquel elle s'unirait les vertus sœurs des siennes. La Providence en décida autrement: elle voulut qu'elle devînt un ange de rédemption, et Myra épousa sir Richard Gaveston.

Tout d'abord, ses parents s'opposèrent au mariage; mais comme, au bout du compte, on ne reprochait guère à sir Richard que des folies de jeunesse, ils finirent par y consentir, et la jeune miss fut libre d'apporter à celui qu'elle aimait le tribut de sa beauté et sa fortune princière.

Lui, il avait lutté pour lever les obstacles qui avaient paru, au début, devoir entraver leur union; il avait même cherché à se débarrasser de son ancien complice, quand il l'avait vu prêt à lui barrer le chemin du bonheur. Et maintenant que tous ses vœux étaient comblés, il tremblait à la pensée que sa charmante jeune femme pourrait jamais apprendre le secret de son passé.

Le vent pouvait souffler, la mer pouvait gros-
sir. Il aimait cette tempête qui l'emportait loin
de l'Angleterre. Là-bas, dans la brume qui cou-
vrait l'horizon, son œil entrevoyait cette terre
étrangère où il vivrait libre et heureux, où il
ferait de nouvelles connaissances, où le bruit de
ses aventures de jadis ne pourrait jamais parvenir qu'à l'état d'écho lointain et vague. Même,
si Leo Meredith osait encore s'acharner à lui, il
l'aurait vite réduit à l'impuissance dans un
pays où le duel est permis, où le diffamateur
n'est pas admis à prouver ses accusations ; et
Myra ignorerait toujours ce qu'il tenait tant à
lui cacher.

Mais, en faisant ces réflexions, tandis que son
yacht craquait sous l'effort des flots, sir Richard
Gaveston oubliait que la femme a de merveilleux instincts qui lui permettent de deviner ce
qu'on lui tait. Il ne voyait pas que Myra avait
compris qu'il avait sur le cœur un secret, et
qu'elle s'était promis de lui en arracher l'aveu,
non pour satisfaire une vaine curiosité, mais
pour le consoler, pour l'aider à porter ce lourd
fardeau.

Ah ! si les hommes savaient quels trésors d'in-
dulgence le cœur de la femme renferme, s'ils
pouvaient se convaincre qu'une peine, qu'ils con-
fient à la compagne de leur vie, devient un lien
de plus entre eux et elle, que de malentendus se-

raient évités, que de charmes de plus présente-
rait le foyer !

. . . .

. . . .

— Je crains que nous n'ayons une mauvaise
traversée, *my lady*, fit le *steward* en entrant
dans la cabine où sir Richard et sa femme
s'étaient retirés pour ne pas gêner, par leur présence sur le pont, les manœuvres de l'appareil-
lage.

— Enfin, nous sommes partis ! dit sir Richard
en se frottant les mains.

— Oui, mais je crains bien que nous ne met-
tions longtemps avant d'atteindre Ostende. La
mer est si mauvaise.

— Je ne trouve pas que nous soyons beaucoup
secoués, dit lady Gaveston.

— La Manche est toujours un peu agitée, reprit sir Richard.

— C'est vrai, et pour ma part, du reste, un
coup de vent n'a rien de très-effrayant. J'en ai
tant vu dans ma vie.

— Si nous allions sur le pont, fit lady
Gaveston ; nos *waterproofs* ne craignent pas
l'eau.

A cet instant, un gros paquet de mer, s'abat-
tit sur le yacht, dont il ébranla toute la mem-
brure, et l'eau s'introduisit jusque dans la cabine. On entendit le capitaine dire à l'homme

de barre de changer la route, et, pendant quelque temps, les mouvements du navire furent moins brusques. Mais, tout à coup, une nouvelle avalanche d'eau fondit sur le yacht, balaya le pont de l'avant à l'arrière et remplit en partie la cale. Lady Gaveston se cramponna d'une main au bras de son mari, et se retint de l'autre à une table. Elle était pâle, mais calme. Le *steward* semblait moins rassuré; il voulut gagner le pont, mais les gros paquets de mer qui se succédaient à tout instant ne lui permirent pas de franchir l'échelle, et il rentra dans la cabine.

« Décidément, ça se gâte, dit-il d'une voix émue ; il n'y a pas moyen d'arriver là-haut, et nous courons le risque d'être inondés ici, si nous ne parvenons pas à nous y calfeutrer. »

Il prit tous les coussins, toutes les housses des fauteuils pour en faire un matelas contre la porte, et boucha de son mieux les fentes des panneaux.

— Avez-vous peur, Myra ? demanda sir Richard en attirant sa femme dans une encoignure où il s'était réfugié pour pouvoir mieux résister aux mouvemements désordonnés du navire.

— Non, pas du tout, fit-elle en le regardant tendrement.

— Je regrette bien maintenant d'avoir consenti à partir, reprit-il.

— Le mauvais temps ne durera pas, répondit-elle.

Cependant, le vent redoublait de violence, et le yacht, ballotté par les vagues, ressemblait à un jouet manié par des géants. Il était impossible de deviner, de la cabine, si le capitaine était encore maître de son navire, ou si le bâtiment n'obéissait plus qu'à la tempête. Mais la physionomie du *steward* devenait, de minute en minute, plus inquiète.

Sir Richard, qui le suivait des yeux, observa bientôt qu'il pâlissait. Il pâlit à son tour, et l'idée de la mort se dressa devant lui.

Il n'y avait jamais songé auparavant. Cette pensée que l'éternel vengeur pourrait lui faire expier ses fautes à l'heure la plus inattendue, n'avait jamais encore traversé son esprit. Le bonheur d'aimer et d'être aimé, les joies de la famille, le calme du foyer ; allait-il donc perdre tous ces biens, sans avoir eu le temps d'en savourer le charme ?

« O mon amie, qu'ai-je fait ! s'écria-t-il en pressant sa femme contre son cœur. Si nous allions périr par ma faute, au lendemain de notre mariage ?

— Dieu nous sauvera, dit-elle, il aura pitié de notre amour.

— Pourquoi me sauverait-il ? murmura le baronnet. N'a-t-il pas le droit de trouver que c'est avoir pitié de vous que de vous délivrer, même au prix de votre vie, d'un mari comme moi. Pourtant, j'eusse changé auprès de vous, Myra.

— Changé ! Et pourquoi donc? fit-elle de sa voix douce. Restez ce que vous êtes, et vous serez toujours le bien-aimé de mon cœur.

— Hélas ! Myra, vous ne savez pas combien je fus coupable, balbutia Richard, dont l'âme s'ouvrait aux remords, à mesure que le péril grandissait autour de lui.

Cet être, dont la faiblesse d'esprit était peut-être l'unique cause de la séduction qu'il exerçait sur les femmes, perdait tout courage dans le danger. Des mots incohérents se pressaient sur ses lèvres: il pleurait ; il se cramponnait à Myra, comme l'enfant s'attache au moindre point d'appui ; il jurait de réparer ses fautes, si Dieu consentait à l'épargner. La foudre, pendant ce temps, multipliait ses coups, et la pluie fouettait le pont avec une force terrible. A peine, au milieu de ce bruit, les consolations et les encouragements de Myra parvenaient-ils jusqu'à son mari. Le sifflement de la tempête dominait tout, et ajoutait encore à la tristesse de la scène qui se déroulait dans cette cabine entre un homme faible, parce qu'il était coupable, et une femme forte, parce qu'elle était sans tache.

— Pourquoi aurions-nous peur ? dit Myra.

Si nous périssons, nous irons ensemble au ciel, pour ne plus jamais nous séparer.

— Au ciel... oui... vous... mais moi ? fit sir Richard.

— Quoi que vous ayez fait, vous serez pardonné si vous vous repentez.

— O Myra ! mon aimée, si vous connaissiez tout....

— Je ne vous en aimerais que davantage, Richard. Si nous vivons, ne me parlez plus de votre vie passée. Dieu l'a oubliée pour l'amour de moi. Si nous mourons dans cette tourmente, je m'agenouillerai sur le seuil de l'éternelle demeure, et ne le franchirai que ma main dans la vôtre.

Au moment où Myra prononçait ces paroles, une sorte de halo parut se former sur sa tête, et une vive lumière éclaira la cabine. Ce ne fut, d'ailleurs, que l'affaire d'un instant : l'obscurité se fit autour des jeunes époux, une odeur de soufre se répandit partout, et l'on entendit les matelots crier que la foudre venait de tomber sur le yacht. Les planches craquaient de tous côtés; l'eau envahissait la cale; l'entre-pont se remplissait à vue d'œil.

Sir Richard Gaveston prit sa femme dans ses bras et s'élança dans l'escalier. L'imminence du péril réveillait en lui la force physique, et il portait Myra comme une plume. Un matelot qui

le vit apparaître sur le pont, les cheveux au
vent, les yeux hagards, crut apercevoir un fantôme portant un autre fantôme.

. . . .

Ce fut ce même matelot qui, quelques heures
plus tard, fut retrouvé par un navire, accroché
à une bouée de sauvetage, et ramené à Douvres.
Toute la ville sut bientôt l'horrible catastrophe.
Sir Richard et sa femme avaient péri dans la
tempête. L'homme les avait vus disparaître,
enchaînés dans les bras l'un de l'autre !

Mais avait-il bien vu ?

CHAPITRE XIX

LE SACRIFICE DE MARTHE

— Mrs Sylvester, le bateau d'Ostende partira dans une heure, dit Harker.

Marthe, accablée de fatigue et succombant sous le poids de l'émotion, avait consenti à se jeter tout habillée sur un lit, et Édward Harker s'était engagé à la prévenir dès qu'il serait question d'un départ pour Ostende. Naturellement, vu le temps qu'il faisait, les steamers avaient tous renoncé à partir; mais, lorsque vint le soir et que le vent mollit, on alluma les feux et on se prépara à lever l'ancre.

Il en coûta au detective de venir troubler le sommeil de Marthe. Elle dormait si profondément, que sa main hésita avant de la toucher, comme hésite la main du chapelain qui vient dire au condamné à mort que l'heure de l'expiation est arrivée.

Elle fut vite réveillée; mais, au premier moment, elle sembla ne pas comprendre de quoi il s'agissait.

— Vous m'avez demandé de vous prévenir une heure avant le départ du bateau, dit le detective.

— C'est vrai, je m'en souviens, répondit Marthe; j'ai retrouvé Tom et je vais le rejoindre. Mais qui était ici, il y a quelques minutes?

— Personne, que je sache.

— Si, si; j'ai vu une femme avec de grands yeux noirs et une figure d'ange. Ah! que de bonnes choses elle m'a dites.

Marthe ne paraissait pas songer à se lever. Elle avait le regard fixe, comme s'il y avait eu devant elle quelque chose dont elle ne pouvait pas détacher ses yeux.

— C'est lady Gaveston, murmura-t-elle. Je l'ai entrevue comme elle gagnait son yacht; elle sera revenue pour me parler.

— Mais vous l'avez vue partir, fit remarquer Edward Harker, qui était effrayé de l'entendre divaguer.

— Vous avez raison; c'était un rêve, reprit Marthe en passant sa main sur ses yeux. Mais quel rêve! Elle était là, priant pour moi, me suppliant de ne pas lui enlever Tom... Elle disait que je les tuerais tous les deux, si j'essayais de les séparer.... Hélas! j'ai trop souffert, pour vouloir faire souffrir personne; et si, de me savoir en vie doit être un chagrin pour mon mari, mieux vaut cent fois qu'il me croie morte.

Elle se leva machinalement et mit, d'un air distrait, son chapeau et son manteau, en s'arrêtant de temps en temps comme si l'excès de sa fatigue l'eût rendue incapable du moindre effort. Harker ne lui dit rien; mais il devina que les généreux instincts de sa nature étaient en train de reprendre le dessus et il attendit dans un coin de la chambre l'issue de ce nouvau combat.

« Que la volonté de Dieu soit faite! dit Marthe tout à coup, en se laissant tomber dans un fauteuil. Je vois que je ne suis pas née pour le bonheur, et je me soumets à cet arrêt du ciel. Tout à l'heure, je croyais qu'il me serait impossible de ne pas chercher à rejoindre mon mari; à présent, je comprends qu'il faut que je me sacrifie... Oui, il faut qu'il continue à me croire morte... Mais je puis bien, au moins, tâcher de le voir, ne fût-ce qu'en passant et sans qu'il me me voie, lui. N'est-ce pas, M. Harker, que cela m'est permis?... Partons ensemble; ma sœur, j'en suis sûre, paiera bien nos dépenses, et vous vous arrangerez pour que je puisse l'entrevoir n'importe où, un instant seulement, le temps de bien graver dans ma mémoire ces traits que j'ai tant aimés. Après, je vivrai sur ce souvenir, et l'idée que, si jamais il devenait veuf, rien ne l'empêcherait plus de revenir à moi, achèvera de me donner espoir et force.»

Edward Harker était navré; chacune des paroles de Marthe le brûlait comme un fer rouge.

Il eût tout sacrifié pour mériter un mot, un regard de cette femme si vaillante et si noble, et il continuait à lui taire la seule chose qui aurait pu peut-être la rapprocher de lui ! Le devoir parlait haut dans ce grand cœur. Loin d'hésiter, il se jura encore que cet affreux secret, qui viendrait la blesser dans sa dignité de femme, ne dépasserait jamais ses lèvres, et le bonheur de toute sa vie lui parut s'abîmer dans ce serment... Ah ! que l'homme est donc prompt à désespérer de l'avenir, et qu'il accorde peu de place dans ses calculs aux mystérieux desseins du sort !

Lorsque Edward Harker était venu réveiller Marthe, il ignorait l'histoire de la perte du yacht : mais lorsqu'il entra dans la salle à manger, pour dire qu'on fît du thé pour Mrs Sylvester, il trouva le matelot qui racontait la catastrophe aux gens de l'hôtel. Tous les voyageurs étaient groupés autour de lui, écoutant, muets d'effroi, les tragiques détails du sinistre, et l'inspecteur prêta l'oreille.

— Le navire semblait être coupé en deux, disait l'homme... et ils ont disparu ensemble. Je les ai vus, comme je vous vois tous là, emportés par une lame.

— Sir Richard et sa femme sont noyés? fit Harker d'une voix tremblante.

— Eux et tout l'équipage. Il n'y a que moi de sauvé.

— On a pu les recueillir, comme on vous a recueilli vous-même.

— La seule bouée que j'aie vue est celle que j'ai réussi à attraper.

— Comment n'a-t-on pas mis une embarcation à la mer ?

— On n'en a pas eu le temps, dit le marin en agitant la tête. Un éclair, un coup de tonnerre, un grand craquement dans le navire, et tout a été dit. Du moins, n'ai-je rien vu de plus.

Harker demanda au matelot de vouloir bien venir un instant avec lui. Il était impossible de cacher la vérité à Marthe, quand elle pouvait l'apprendre par tant de bouches. D'ailleurs, cette catastrophe, si terrible qu'elle fût, ne survenait-elle pas comme providentiellement ? Certes, la pauvre femme aurait l'âme brisée en apprenant cette fin tragique de son mari ; mais ne préférerait-elle pas, ensuite, se dire qu'il était mort que de se le représenter sans cesse vivant auprès d'une autre ? La malheureuse ne se posa pas cette question. Lorsque le matelot, amené par Harker, eut achevé son récit, elle ne dit pas un mot, elle ne demanda rien : puis, quand il fut parti, elle tomba à genoux et pria pendant quelques instants.

— Vous vous souvenez, M. Harker, dit-elle en

se relevant, que je m'étais promis de ne jamais troubler le repos de mon mari ?

— Oui, fit le detective; vous me le disiez tout à l'heure.

— Nous serions, lui et moi, descendus dans la tombe, chacun de notre côté, séparés dans la mort comme dans la vie, ajouta-t-elle en soupirant; et il aurait vécu heureux et calme, moi désolée et tourmentée. Oui, j'aurais fait cela; j'eusse été jusqu'au bout par amour pour lui, et par pitié aussi pour cette pauvre femme...

— Pour lady Gaveston?

— Mais oui, Mr Harker. A présent qu'elle n'est plus, il me semble que j'aurais réussi à l'aimer en raison de l'affection qu'elle avait vouée à Tom!

— Dieu vous rende tout cela, dit le detective n joignant les mains!

CHAPITRE XX

Lady Brierley était assise dans son boudoir, triste et pensive. Depuis un certain temps, l'affaire du Temple, comme on disait, prenait une tournure qui la préoccupait. D'abord, elle s'étonnait qu'il y eût toujours un detective dans l'appartement de Leo Meredith, et qu'on lui eût interdit l'accès de la chambre de celui-ci. Ensuite, elle savait que, parmi ses relations, le nom de l'avocat n'était plus prononcé sans être aussitôt suivi du sien.

De fait, le monde n'eût pas manqué de bonnes raisons pour opérer plus tôt ce rapprochement ; mais les grandes dames jouissent du privilége d'échapper à la critique, tant qu'un scandale n'oblige pas leurs amis à s'occuper d'elles. Aujourd'hui que Leo Meredith avait failli mourir assassiné, chacun rappelait qu'il était fort galant pour lady Brierley, et la bonne société se demandait s'il n'était pas tombé sous les coups d'un rival. Sir Titus lui-même en ouït parler.

C'était un homme d'humeur facile que sir

Titus, et milady le menait comme elle l'entendait. Mais les natures de ce genre sont celles
qui réagissent avec le plus de force, lorsqu'elles s'y croient forcées. Sir Titus Brierley se
mit à sermonner sa femme sur ce qu'il appelait
sa légèreté, et reprit possession du sceptre domestique. Divers priviléges dont il s'était laissé
dépouiller, — dîners en ville, cigares, argent
de poche, excursions de garçon sur le continent, — furent de nouveau classés au nombre de
ses prérogatives. Il diminua le budget de milady ; il congédia un domestique qu'il n'avait
gardé jusque-là qu'à cause d'elle ; il raya sur sa
liste d'invitations une douzaine de céliba-
taires, poëtes, musiciens, peintres et autres,
qu'elle aimait particulièrement à recevoir. Enfin, pour couronner ces actes dictatoriaux, il se
fit teindre les cheveux et prit des airs de con-
quérant.

Tout cela ne laissait pas d'être humiliant
pour une femme comme lady Brierley, qui aimait tant à dominer ; mais elle s'y résigna bon
gré mal gré, dans la crainte d'un sort pire encore. Leo Meredith avait des lettres d'elle, et
la Cour des divorces est inexorable sur ce chapi-
tre ! Aussi avait-elle tout fait pour les avoir.
Elle savait, ou elle croyait savoir, où l'avocat
les avait mises, et, si on l'eût laissé pénétrer
dans sa chambre, elle aurait forcé tous les ti-

roirs plutôt que de livrer cette correspondance à la merci des événements.

Mais une consigne sévère, partie de Scotland Yard, lui avait barré le passage chaque fois qu'elle avait renouvelé ses tentatives, et ses menaces comme ses prières n'avaient pu ébranler les detectives.

Lady Brierley commençait donc à se dire que le fruit défendu n'a pas tous les mérites qu'on lui prête, et elle méditait sur cette vérité lorsqu'on lui remit la carte d'Edward Harker.

« Qu'il entre, » fit-elle, heureuse qu'un incident vînt faire diversion à ses sombres réflexions. D'ailleurs, tout en ayant peur du detective, elle sentait que c'était un homme à qui l'on pouvait se fier.

Edward Harker entra. Elle lui tendit la main. Il feignit de ne pas voir ce geste, et se borna à s'incliner. Lady Brierley rougit jusqu'aux oreilles de cette impertinence d'un *policeman* ; mais elle n'était pas disposée à se brouiller avec personne.

— Eh bien, Mʳ Harker, dit-elle en soupirant, vous venez de Scotland Yard ?

— Non, my lady. Je n'appartiens plus à la police.

— Comment cela ?

— J'ai donné ma démission.

— Mais vous n'en êtes pas moins au courant

de l'affaire du pauvre M. Meredith, et vous allez me dire pourquoi on le surveille comme on ferait d'un prisonnier. Je ne puis plus entrer chez lui.

— M. Meredith devrait être aux travaux forcés, s'il avait ce qu'il mérite, dit Harker froidement. C'est un misérable de la pire espèce, et il est bon que vous le sachiez.

— Que dites-vous là, s'écria milady en pâlissant. De grâce, expliquez-vous. M. Meredith a-t-il commis un crime ? Voudrait-on l'arrêter, le juger, le...

— Non, interrompit le detective, mais je doute, néanmoins, que vous le revoyiez jamais. Je viens d'avoir une entrevue avec lui, et je suppose qu'après cela il jugera prudent d'émigrer. Si je vous racontais tout ce qu'il a fait dans sa vie, vous rougiriez de vous être placée sous la dépendance d'un pareil homme.

— Vous savez donc qu'il a des lettres de moi ? demanda lady Brierley, d'un air confus.

— Il ne les a plus, car les voici, répondit le detective en tirant de sa poche un paquet attaché avec un cordon rose.

Lady Brierley eut un mouvement de joie, et étendit les mains ; mais Edward Harker remit les lettres dans sa poche.

— Vous ne les aurez pas sans conditions, reprit-il.

— Ah! fit milady, trop émue cependant pour jouer l'indignation. Vous voulez de l'argent, je suppose. Et combien ?

— Deux cents livres par an, répliqua le détective.

— Deux cents livres sterling, répéta lady Brierley d'un air consterné.

— Oui, deux cents, fit Harker ; mais ce n'est pas pour moi, lady Brierley. Cette pension ira à votre sœur, et vous la lui payerez jusqu'à ce qu'elle se remarie, si jamais cela arrive. Voilà mes conditions.

Lady Brierley se mordit les lèvres. L'audace de l'inspecteur, son calme, le ton dont il lui parlait, la faisaient trembler de colère ; mais, se sentant entre ses mains, elle se contenait.

— Je suis toute disposée à venir en aide à ma sœur, reprit-elle, et je ne vois pas pourquoi vous affectez de m'imposer ce qu'à lui seul mon cœur me commanderait de faire.

— Votre affection envers Mrs Sylvester ne me paraît pas suffisamment vive pour qu'on s'y fie, dit l'inspecteur. Je connais l'histoire de votre sœur, et je sais qu'il fut un temps où un peu de générosité et de bonté de votre part l'eût préservée de bien des malheurs.

— Soit ; donnez-moi mes lettres. J'aviserai à ce que Marthe reçoive chaque trimestre cinquante livres sterling.

— Voulez-vous me faire cette promesse par écrit ?

— Vous doutez de ma parole, demanda milady en reprenant son air hautain.

— J'aurais confiance en vous si je pouvais, tous les trois mois, venir vous rappeler votre engagement : mais je compte partir sous peu pour l'Amérique.

— Et que va devenir Patty ?

— Je crois que Mrs Sylvester nous accompagnera aux États-Unis, ma sœur et moi.

— Tant mieux, fit lady Brierlay en poussant soupir de contentement, c'est le parti le plus sage qu'elle puisse prendre. Je ferai rédiger par mon avoué l'acte en question, M. Harker, et je compte que vous n'en direz rien à sir Titus. Il trouverait la somme beaucoup trop forte ; je devrai la prendre sur mes économies.

— Vous n'en aurez que plus de mérite, répondit le detective sur un ton ironique, et je m'arrangerai pour que Mrs Sylvester croie que c'est un don spontané de votre part.

Ainsi, Edward Harker avait tout disposé pour que Marthe fût à l'abri du besoin, quoi qu'il advînt. Depuis le voyage de Douvres, sa santé était chancelante ; elle était hors d'état de s'employer, soit comme institutrice, soit autrement, et, d'autre part, le detective voulait qu'elle pût se passer de lui et que sa situation fût tout à fait indépendante. Il avait, d'ailleurs, réussi sans grande peine à la décider à partir pour les États-Unis avec Mrs Tibbets et avec lui ; mais il comprenait que son amour-propre souffrirait si elle était forcée de faire ce voyage à d'autres frais que les siens, et sa démarche près de lady Brierley, qu'il estimait trop peu pour se croire tenu à la traiter avec égards, avait eu pour but de lui épargner ce souci.

Il rentra, satisfait de l'issue de ses négociations. Le temps était clair, l'air pur ; il y avait longtemps qu'il ne s'était senti aussi confiant. A présent qu'elle ne pouvait plus douter de la mort de son mari, Marthe ne resterait peut-être pas sourde à ses instances ! Dans une année ou deux, quand il se serait fait une nouvelle position, quand elle aurait mieux vu combien il lui était dévoué, fidèle et attaché, qui sait si elle ne consentirait pas à l'épouser ?

Tel était, du moins, son espoir ; et de fait, à cette heure, il lui était permis de s'y livrer, car son horizon, comme on l'a vu, s'était éclairci depuis quelques jours. Marthe n'avait plus à se dire qu'elle pourrait retrouver son mari ; son avenir matériel était assuré par la pension qu'allait lui faire lady Brierley ; le temps en s'écoulant avait donc simplifié et arrangé les choses, et Edward Harker pouvait se croire servi à souhait. Mais les espérances les mieux fondées s'évanouissent souvent en un clin d'œil, et la triste réalité se plaît parfois à anéantir nos plus douces illusions à l'improviste.

Un marchand de journaux vint à passer, comme Harker caressait ces rêves. Il en acheta un, le déplia, le lut négligemment, tout en marchant; puis sa physionomie prit une expression étrange, ses yeux s'ouvrirent démesurément, ses lèvres tremblèrent, et il se mit à courir comme un fou, en déchirant en mille morceaux son journal.

— Savez-vous si Mrs Sylvester a lu les journaux ce matin, demanda-t-il à Mrs Tibbet, en se précipitant dans la cuisine.

— Non, Ned; il y a plus de huit jours qu'on ne lui en apporte plus. C'est sans doute un oubli du marchand.

— Quel bonheur! fit Harker.

Et il ajouta précipitamment :

— Tâchez qu'aucun journal ne pénètre jusqu'à elle. Il y va de ma vie!

CHAPITRE XXI

SAUVÉ!

Sir Richard Gaveston et sa femme ne s'étaient pas noyés, comme l'avait dit le matelot et comme d'autres que lui l'eussent cru à sa place. L'histoire des sinistres maritimes est féconde en exemples de sauvetages merveilleux. Dans le cas de sir Richard, voici ce qui s'était passé :

Le yacht était muni d'une embarcation insubmersible et, au moment où la foudre avait frappé le mât, quelques matelots avaient tâché de la mettre à la mer. Une lame énorme les avait entraînés avant qu'ils eussent pu achever cette manœuvre ; mais l'embarcation était restée suspendue à ses palans et, ceux-ci s'étant rompus lorsque le yacht avait coulé, elle avait flotté et était allée en dérive.

Sir Richard Gaveston, lui, avait été submergé tout d'abord ; mais il était bon nageur, il avait réussi à garder son sang-froid, et il parvint à saisir d'une main le bateau de sauvetage, tout en maintenant de l'autre Myra à la surface. Cet homme, d'un caractère si faible, était doué d'une force physique peu commune. Il se hissa

dans le bateau, il y hissa ensuite sa femme et,
quelques heures plus tard, un navire norwégien
qui passait dans ces parages les recueillit à son
bord. On devine le reste. Le navire norwégien
était seulement à voiles; il allait en Suède; il
mit dix jours pour arriver au port, et quand sir
Richard Gaveston télégraphia à son homme
d'affaires qu'il était sain et sauf, les *reporters*
de la presse rivalisaient en récits dramatiques
de la « MORT DU BARONNET ET DE SA JEUNE
FEMME. » L'article suivant, notamment, qui fut
envoyé à sir Richard, avait paru, le matin
même, dans un journal bien informé.

« Nous répétons, sans les garantir, divers
bruits qui circulent dans le public, relativement à certains incidents qui auraient précédé
le départ du *Flyer*. On prétend que samedi soir,
l'inspecteur Edward Harker, du corps des dé-
tectives, est arrivé à Douvres par le dernier
train, qu'il a demandé à voir *immédiatement*
sir Richard Gaveston et qu'il est resté enfermé
avec celui-ci durant plusieurs heures. Le lendemain matin, le personnel de l'hôtel aurait re-
marqué que le baronnet semblait tout agité et
qu'il n'opposait qu'une faible résistance aux instances de sa femme, qui le priait de partir malgré le mauvais temps. En outre, on raconte
qu'au moment où le *Flyer* levait l'ancre, une

jeune femme, convenablement vêtue, s'est précipitée sur la jetée, tout éperdue, en criant que
son mari était à bord. Ramenée au *Lord Warden* par un agent de police, elle a dit qu'elle
s'appelait Mrs Smith et qu'elle était venue
à Douvres avec l'inspecteur Harker. Celui-ci,
qui dormait encore, fut mandé en toute hâte;
mais sa présence ne fit qu'ajouter à la surex-
citation de la jeune femme, qui se mit à crier
qu'elle avait reconnu son mari, qu'elle voulait
« son Tom, » etc. Il paraît que parmi les matelots qui formaient l'équipage du *Flyer* il y en
avait un du nom de Thomas Hodgson. Peut-
être est-ce cet individu qui était le mari de
Mrs Smith. Dans tous les cas, il semble certain
que l'inspecteur Harker était venu à Douvres
pour prévenir sir Richard qu'il y avait à son
bord un homme accusé de bigamie, et que c'est
pour sauver ce malheureux que lady Gaveston
a voulu partir, coûte que coûte. L'inspecteur
Harker s'était couché tranquillement, ne suppo-
sant pas qu'on pût prendre la mer au milieu
d'une tempête, et son désappointement fut extrême lorsque, en se réveillant, il sut que le
Flyer n'était plus là. Nous donnons ces ru-
meurs pour ce qu'elles valent, sans pouvoir
les contrôler, et restons prêts à insérer toutes
les rectifications qu'elles pourraient provo-
quer. »

Sir Richard Gaveston dut faire appel à toutes ses forces pour ne pas laisser percer l'émotion qu'il éprouva en lisant ces lignes. Il plia le journal, sans le montrer à sa femme, en prit un autre et y lut ce qui suit :

« L'administration de la police nous prie de faire savoir que le voyage, à Douvres, de l'inspecteur Harker ne se rattachait en aucune façon à la présence sur le *Flyer* d'un homme nommé Thomas Hodgson, ni à quoi que ce soit qui concernât sir Richard Gaveston. »

Et au-dessus, il y avait :

« Le propriétaire du *Lord Warden* nous écrit que l'inspecteur Harker a passé non pas des heures, comme on l'a dit, mais quelques minutes à peine, avec sir Richard Gaveston, et que Mrs Smith était sous l'influence d'une hallucination quand elle a déclaré qu'elle avait retrouvé son mari. Mrs Smith est une jeune veuve qui a perdu son mari, il y a quelques années, dans un naufrage et qui est sujette, depuis lors, à des crises, au cours desquelles elle perd momentanément la raison. »

Sir Richard Gaveston croisa les bras, baissa la tête et tomba dans de profondes méditations.

CHAPITRE XXII

LES TRANSES DE SIR RICHARD

Quelle pouvait être cette femme qui avait crié sur la jetée qu'elle reconnaissait son mari ?

Richard devina que c'était Marthe. Il la croyait morte ; il ne s'expliquait pas ce qu'elle était devenue depuis cinq ans ; mais cette femme arrivée avec ce detective, qui connaissait si bien toute sa vie, ne pouvait être que celle dont il avait trompé la tendresse. Un pressentiment le lui disait.

Les journaux étaient là, pliés, auprès de lui ; Myra avait pris ses deux mains dans les siennes. En le voyant triste et pensif, elle crut qu'il repassait dans sa pensée les terribles événements qui venaient de se dérouler pour eux. Pauvre femme, si elle eût su la vérité !

Au point de vue de la loi, Richard Gaveston n'avait rien à craindre. Son mariage avec Marthe était incontestablement illégal, et son union avec Myra était la seule qui fût valable. Mais au point de vue moral sa position était moins nette. Si Marthe accourait se jeter dans

ses bras, pourrait-il la repousser brutalement
après l'avoir tant aimée jadis ?

Il s'était toujours promis autrefois de faire
valider son mariage avec elle, et si maintenant
cela ne se pouvait plus, du moins était-il tenu
de la traiter convenablement, à pourvoir à tous
ses besoins, à réparer de son mieax le mal qu'il
lui avait fait. Alors, que dirait Myra ? Il poussa
un soupir qui ressemblait à un gémissement.
Quoi ! c'était pour avoir à se trouver en face
d'une situation aussi complexe qu'il avait
échappé au naufrage du *Flyer*. N'eût-il pas
mieux valu périr ?

Et pourtant, à l'effroi que lui causait l'idée
que Marthe vivait encore, venait se joindre un
sentiment bizarre que lui-même n'aurait pu
expliquer. Il se réjouissait qu'elle ne fût pas
morte. Il avait été si heureux auprès d'elle ! il
avait été de sa part l'objet de tant de dévouement et de tendresse ; et, enfin, ne se pouvait-
il pas qu'elle fût mère, puisqu'elle se trouvait
grosse au moment de leur séparation? Sir Richard Gaveston tressaillit à cette pensée. Marthe était peut-être morte, après tout; mais qui
pouvait lui dire qu'il n'était pas le père d'un
enfant abandonné !

— Qu'avez-vous, mon ami ? demanda Myra,
en voyant ses yeux se mouiller de larmes.

— Rien, fit-il en revenant à lui. Je songeais

au *Flyer* et à tous ces dangers que nous avons courus dès le lendemain de notre mariage.

— Mais c'est fini, maintenant, Richard, et nous ne jouirons que mieux de notre bonheur, ayent failli en être privés.

Il joua en silence avec sa petite main, celle qui portait l'anneau nuptial ; puis il reprit le journal, pour tâcher d'y trouver de nouveaux renseignements sur le sujet qui l'absorbait.

— Voulez-vous que je le lise tout haut ? demanda Myra toujours désireuse de lui plaire.

— Non, non, dit-il ; gardez-vous-en. On donne d'affreux détails sur les derniers moments de nos malheureux compagnons, et cette lecture vous ferait mal. Déjà, je me reproche d'être la cause indirecte de leur mort et...

— Ce n'est pas vous, c'est moi, interrompit Myra, qui ai voulu partir. Mais vous paraissiez pressé de quitter l'Angleterre et, en même temps, je me disais que Dieu ne voudrait pas nous éprouver au lendemain de notre mariage.

— Puisse-t-il ne pas nous envoyer d'autres épreuves, qui nous feraient regretter d'avoir échappé aux flots ! dit sir Richard.

Il embrassa sa femme et sortit en emportant les journaux. Il s'était décidé à envoyer un télégramme à Edward Harker, pour lui demander si Mrs Smith était, oui ou non, la pauvre Marthe, et il entra dans le premier bureau

qu'on lui montra pour rédiger la dépêche ci-
dessous :

« Richard Gaveston, hôtel Royal, Stock-
holm, à Edward Harker, Scotland yard,
Londres.

« Vous devez savoir, à l'heure qu'il est, que
ma femme et moi sommes sains et saufs. Prière
instante de me télégraphier le nom de la personne qui était avec vous. Était-ce Marthe ?»

Richard Gaveston comptait qu'il recevrait la
réponse du detective dans la soirée ; mais la
journée et deux autres encore s'écoulèrent sans
lui rien apporter. Il expédia une seconde dépêche, pensant que la première pouvait s'être
égarée ; toujours même silence. Les journaux,
entre-temps arrivaient d'Angleterre ; on y parlait
encore de la perte du *Flyer* ; on y annonçait
comment le baronnet avait réussi à se sauver,
avec sa femme ; mais il n'y était plus question
de Mrs Smith. Un journal toutefois prétendait
que « la jeune veuve avait disparu, sans qu'on
sût où elle était allée, » et ajoutait, sur le ton
de la plaisanterie, que sans doute « elle repa-
raîtrait un de ces jours, comme venait de le
faire sir Richard Gaveston. »

Cette disparition ne laissait pas d'être inquié-
tante pour le baronnet, et ses craintes devinrent

plus vives encore quand, en poursuivant sa lecture, il aperçut au bas d'une page un entrefilet ainsi conçu :

« Nous avons le regret d'annoncer que l'inspecteur Harker, qui a rendu tant de bons services à la justice et déployé tant de zèle dans l'exercice de ses fonctions, vient d'envoyer sa démission au chef de la police. »

Pourquoi cette démission ? songea Richard. Les supérieurs d'Harker avaient-ils appris ce qui s'était passé à Douvres ? Avaient-ils su que le detective, au lieu de l'arrêter, lui avait permis de s'échapper ? Était-il sûr, en outre, que Harker fût seul à connaître son histoire ?

Il avait oublié de lui demander qui l'avait mis ainsi au courant de sa vie. L'inspecteur avait bien déclaré que nul autre que lui n'était en possession de ces détails; mais peut-être n'avait-il dit cela que pour le rassurer, pour lui donner un peu de courage ? D'autres pouvaient être dans la confidence.

Et Meredith ?

La haine fait taire la crainte. Richard Gaveston était si résolu à se débarrasser de son ancien complice, s'il le trouvait jamais sur son chemin, qu'il n'en avait plus peur. D'ailleurs, la leçon qu'il lui avait donnée à coups de tisonnier était

de nature à le rendre circonspect, et il était
probable qu'il se tiendrait coi désormais. Ce
n'était donc pas lui que redoutait Richard ;
c'était l'imprévu qui lui faisait peur, l'imprévu
qui pouvait se dresser tout à coup devant lui;
sous une forme ou sous une autre, menaçant et
vengeur.

— Entrez, fit-il, en réponse à un coup frappé
à la porte.

Un domestique apparut, tenant des lettres.

— Des lettres d'Angleterre, dit Myra en bat-
tant des mains, car elle songeait à la joie qu'a-
vaient dû éprouver les siens en apprenant qu'elle
était sauve.

CHAPITRE XXIII

CORRESPONDANCE

La première lettre qu'ouvrit Richard Gaveston était de John Drake, le matelot qui s'était sauvé sur une bouée.

« Sir Richard,

« J'espère que cette lettre vous trouvera en bonne santé. Il paraît que vous avez été sauvé comme moi; tant mieux. On m'a ramené à Douvres, où un detective, nommé Harker, m'a fait raconter mon histoire à une Mrs Smith qui prétend que son mari était sur le *Flyer*. Après, on m'a donné des habits, et l'on a ouvert une souscription à mon profit. Mais, comme j'ai une nombreuse famille et que j'ai tout perdu à bord, je vous serai bien obligé si vous pouvez me venir en aide.

« JOHN DRAKE, *marin.*

« Auberge du *Spotted Dog*, Douvres. »

Le premier mouvement de sir Richard fut d'écrire à John Drake de venir l'attendre à

Hambourg; mais il voulut, auparavant, achever le dépouillement de son courrier. Au nombre de ses lettres, il y en avait une d'Edward Harker :

« Sir Richard,

« J'ai reçu la dépêche où vous me demandez si cette Mrs Smith, dont parlent les journaux, n'est pas Marthe Sylvester, *alias* Ridgway, et je m'empresse de vous faire savoir que la personne en question est bien une Mrs Smith, qui a perdu son mari, il y a trois ou quatre ans dans un naufrage, et qui n'a plus, depuis lors, toute sa raison. Elle était venue dire à la police que son mari l'avait abandonnée, qu'il était à bord du *Flyer;* et comme j'avais besoin d'aller à Douvres pour vous rencontrer, je l'ai prise avec moi, afin de faire d'une pierre deux coups.

« Marthe Sylvester ou Ridgway est morte ; sur ce point, on ne vous a pas trompé. Cessez donc de vous préoccuper de cette affaire, et brûlez ces lignes.

« EDWARD HARKER.

« *P. S.* — Vous savez peut-être que je me suis démis de mes fonctions. Il est donc inutile de m'écrire désormais à Scotland Yard. »

Edward Harker ne disait pas où l'on pourrait lui écrire dorénavant : il ne voulait donc pas correspondre plus longtemps avec le baronnet. Sa lettre, néanmoins, coupa court aux appréhensions de celui-ci. Le detective ne pouvait avoir aucun intérêt à lui cacher la vérité à propos de Marthe. Même, il était probable que s'il eût découvert qu'elle vivait, il l'aurait poursuivi, lui, du chef de bigamie. Si donc il la tenait pour morte, c'est qu'il n'y avait plus de doute à avoir ce sujet.

Les grandes émotions, une fois passées, nous laissent plus heureux et plus confiants que jamais. Myra, en rentrant dans la chambre, trouva son mari transfiguré. Ses traits s'étaient détendus, ses gestes n'étaient plus brusques, nerveux comme tout à l'heure ; bref, telle était sa joie, qu'au lieu de brûler la lettre du detective, ainsi que celui-ci le lui recommandait, il la laissa traîner sur la table où Myra la prit machinalement.

— Qui est cette Marthe Sylvester ? demanda-t-elle après avoir parcouru le billet d'Edward Harker.

— Vous avez donc lu ma lettre ? s'écria sir Richard, visiblement contrarié.

— Ai-je eu tort ?

— Oh ! non? c'est insignifiant.

Évidemment, Myra ne se doutait de rien. Pour peu qu'il conservât son calme, il gagnerait la partie jusqu'au bout.

—Marthe Sylvester est une vieille domestique, reprit-il d'un ton dégagé. Ayant entendu dire qu'elle était tombée dans la misère, j'avais cherché à savoir son adresse. Mais il parait que j'étais mal renseigné, car on m'informe qu'elle est morte depuis cinq ans.

— La pauvre créature ! Mais pourquoi vous dit-on : *Alias* Ridgway ?

— Parce qu'elle s'appelait Ridgway étant demoiselle. Sylvester était le nom de son mari.

— Ah ! je comprends, fit Myra en souriant.

Ce sourire achevait de rassurer Richard. Myra ne soupçonnait rien.

Après cela, il était inutile de voir John Drake. Sir Richard Gaveston lui envoya un chèque et partit pour le continent, quelques jours plus tard, avec sa femme. De temps en temps, au début de leur voyage, il lui arriva de se demander si Edward Harker lui avait bien dit la vérité à l'égard de Mrs Smith ; mais comme les journaux cessèrent d'en parler, il cessa, lui aussi, de s'en préoccuper. « Si c'eût été la pauvre Patty, se disait-il, elle m'aurait déjà retrouvé, coûte que coûte, depuis Douvres. Du reste, tous les journaux ont donné mon adresse, et puisqu'elle n'est pas venue à moi, c'est qu'elle est réellement morte. »

Marthe n'occupa donc plus, dans l'esprit de sir Richard, que la place qu'on accorde à ceux qui ne sont plus, et la vie s'acheva pour lui, douce et tranquille, auprès de la femme accomplie que la Providence lui avait envoyée comme pour lui apprendre à aimer la vertu.

CHAPITRE XXIV

— Ainsi, c'est décidé; vous partez avec nous pour les États-Unis, mistres Sylvester ?

— Certainement, mon ami. Je n'ai rien qui me retienne en Angleterre.

— Oui, vous avez souffert ici; mais la vue d'un pays nouveau vous rajeunira de dix ans.

— Je le crois et l'espère. Mais vous, pourquoi émigrez-vous? Pourquoi avoir donné votre démission? Vous ne me l'avez jamais expliqué.

— J'étais fatigué, ennuyé de mon métier, dit Harker.

— Vous auriez pu obtenir un autre emploi, après tant de bons services.

— Ce qui est fait est fait, mistress Sylvester. Peut-être avais-je besoin, moi aussi, de changer d'air. On dit qu'on fait promptement fortune en Amérique.

— Vous voulez donc devenir riche?

— Un peu d'argent ne me nuirait pas, répondit-il en soupirant.

Marthe ignorait que Sir Richard Gaveston avait été sauvé. Mrs Tibetts avait fait si bonne garde que, pendant plus de quinze jours, aucun journal n'était entré dans la maison. Pourquoi lui eût-on dit la vérité? N'avait-elle pas déjà assez de soucis? Fallait-il, à tous ses chagrins, ajouter celui d'avoir été trompée par l'homme qu'elle avait tant aimé? Le souvenir est comme l'espérance du passé. Pourquoi flétrir celui qu'elle gardait de « son Tom, » en lui révélant qu'elle n'avait jamais été sa femme.

Peu de jours après le dialogue qu'on vient de lire, un steamer était sous vapeur dans le port de Liverpool, en partance pour les États-Unis.

Les passagers arrivaient à bord; les malelots descendaient les bagages dans la cale. Debout, sur le pont, Marthe, Edward Harker, Mrs Tibbetts et ses enfants suivaient les préparatifs du départ. Heureuse de quitter un pays où elle avait traversé tant de cruelles épreuves, Marthe était impatiente de partir. Elle semblait gaie, contente, et s'amusait à plaisanter avec Harker sur l'excentricité des costumes de voyage portés par quelques-uns de leurs compagnons de route.

Tout à coup elle cessa de parler, pâlit, montra à Harker un individu qui venait d'apparaître sur le quai, entouré de gens portant ses malles, et s'écria d'une voix tremblante : Dick Forest.

— Leo Meredith? fit Harker. Oui, c'est lui. Il part évidemment en même temps que nous.

— Allons-nous-en, de grâce, dit Marthe en joignant les mains. Il nous porterait malheur.

Marthe, en disant ces mots, avait élevé la voix et Leo Meredith dressa la tête. Il avait déjà un pied sur la passerelle qui reliait le navire au quai, et en apercevant Edward Harker et Marthe, il recula.

Sans doute, la physionomie du detective prit une expression bien menaçante ; car il ne se contenta pas de reculer, il chancela.

— Attention ! lui cria-t-on du bord.

Leo Meredith semblait se demander ce qu'il avait à faire. Il était encore faible, faible d'esprit comme de corps, et ses jambes tremblaient sous lui ; il parut se décider alors à regagner le quai ; puis il changea d'avis, comme s'il eût eu honte de sa pusillanimité, et, revenant sur ses pas, il se mit à courir imprudemment sur la passerelle.

— N'allez pas si vite, fit un matelot. Et presque au même instant, on l'entendit crier :

« Un homme à la mer ! »

Leo Meredith était tombé entre le quai et le steamer, et se débattait comme quelqu'un qui se noie. Des gaffes, des cordes lui furent jetées, sans qu'il parvînt à le saisir ; un matelot essaya vainement de le rattraper. Alors Edward Harker apparut et, avant qu'on eût pu le retenir, il s'élançait à l'eau et plongeait.

Ses mains, quand il revint à la surface, ne ramenaient personne.

— Cherchez-le encore, crièrent des voix.

— C'est inutile; il sera resté accroché à la quille, dirent les matelots.

Pourtant Edward Harker plongea encore, et ramena cette fois le noyé. Mais, une demi-heure plus tard, Slippery Dick était mort !

— J'ai cherché à le sauver, fit Harker, parce qu'on a pas le droit de détourner la tête lorsqu'une vie humaine est en danger. Mais la Providence fait toujours bien ce qu'elle fait, et je suis heureux pour Richard Gaveston que......

Il s'interrompit en voyant Marthe le regarder d'un air surpris.

— Qu'alliez-vous donc dire? demanda la jeune femme.

— Que Richard Gaveston n'a pas à craindre de se retrouver là-haut avec ce misérable.

— Espérons que celui-là aussi sera pardonné, fit Marthe en levant les yeux au ciel.

CHAPITRE XXV

Deux ans, ou à peu près, se sont écoulés depuis les incidents qu'on vient de lire.

Harker est entré dans une des meilleures maisons de banque de New-York, et qui l'eût vu aller, le matin, à son bureau, causant d'un air enjoué avec ses collègues, aurait eu de la peine à reconnaître en lui le rigide detective de Londres. Son exactitude, son honnêteté, son intelligence l'ont fait, d'ailleurs, remarquer par ses chefs. Après avoir débuté comme simple employé, il remplit maintenant les fonctions de caissier avec trois mille dollars par an, et l'avenir lui réserve, sans doute, une position plus lucrative encore.

Mais ce n'est pas pour lui, on le devine, que Harker se réjouit d'avoir vu le succès couronner ses efforts. Sa sœur loue des chambres aux Yankees, comme elle en louait aux Anglais; elle gagne suffisamment d'argent pour élever convenablement ses enfants. Lui, il est sans ambition et sans besoins. Mais il n'a pas cessé d'aimer Marthe, et si personnellement il n'a pas de désirs, pas de goûts à satisfaire, il en a beaucoup à cause d'elle.

Ainsi, au moment où ce récit recommence, en approchant de sa fin, Marthe n'était pas encore arrivée au terme de son veuvage, et Harker attendait avec impatience l'heure où il pourrait lui poser, sans manquer aux usages et aux convenances, la question d'où dépendait pour lui l'avenir. Il était toujours aux petits soins pour elle, et Marthe lui témoignait une vive affection. Pourtant il ne se sentait pas sûr qu'elle consentirait jamais à modifier la nature de leurs relations.

Mais ce que nos instances n'obtiennent pas toujours, le temps, parfois, nous le donne sans effort. Les regrets de Marthe s'adoucirent peu à peu; le souvenir de celui qu'elle avait aimé occupait encore sa pensée, mais ce souvenir n'avait plus ce caractère ardent et passionné qui empêche le cœur de s'ouvrir à des affections nouvelles. Alors elle se mit à repasser dans son esprit tout ce que Harker avait fait pour elle; elle apprécia davantage l'affection dont il l'entourait; elle mesura mieux le dévouement sans bornes dont il lui avait donné tant de preuves et, un soir qu'ils étaient seuls, elle mit sa main dans la sienne, en le regardant, les larmes aux yeux :

— Pourrez-vous jamais oublier tout à fait que je ne suis qu'une ex-condamnée ? dit-elle.

— Autant vaudrait me demander si je cesse-
rai jamais de croire que vous aurez un jour une
place parmi les saintes du paradis, répondit-il
d'une voix émue. Et il ajouta : « Je n'ai rien à
oublier, Marthe. Je veux au contraire me souvenir, pour vous vénérer chaque jour davantage.

— Alors vous aurez pitié de mes faiblesses ?
Vous me pardonnerez si je ne parviens pas à
effacer complétement de ma mémoire le souvenir
de mon premier mari.

— Je ne suis point jaloux de votre amour
pour lui, Marthe. Tout ce que je vous demande.
c'est de garder l'espoir qu'en dépit du passé,
nous connaîtrons des jours qui ne seront pas
sans bonheur.

— J'en suis sûre, fit-elle. D'ailleurs je ne
songe plus à Tom que pour appeler sur lui la mi-
séricorde d'en haut. Le reste de ma pensée est
et sera avec vous.

Harker devina qu'il n'avait plus de rival dans
le cœur de la jeune femme. Il lui répugnait de
l'épouser en lui cachant une chose qui pouvait
modifier ses intentions. L'heure était venue de
tout dire.

Il se mit à genoux devant elle, prit ses deux
mains dans les siennes et la regarda tendrement.

— Marthe, dit-il, écoutez-moi. Quel est à vos

yeux le plus grand malheur qui pourrait vous arriver en ce moment?

— D'être séparée de vous, fit-elle.

— Et qui pourrait nous séparer, hormis la mort!

— Rien, que je sache, rien.

— Mais si quelqu'un venait à surgir tout à coup devant vous?

— Qui cela... Tom Sylvester? Elle pâlit et trembla légèrement.

— Écoutez-moi jusqu'au bout, Marthe, reprit Harker. Supposez que nous soyons là, en face de vous, Tom et moi; lequel des deux choisiriez-vous?

— Pourquoi me faire cette question? Tom est mon mari, devant Dieu, devant les hommes, et je serais forcée de le suivre. Mais je vous jure que je n'en éprouverais plus aucune joie, en raison des chagrins que cela vous causerait.

Harker sentit qu'il lui fallait un courage surhumain pour lui dire ce qu'il avait sur le cœur; mais sa nature, droite et honnête, était à la hauteur de toutes les situations, dès qu'il s'agissait d'un devoir à remplir. Elle tressaillit d'abord, et parut effrayée en entendant dire, pour la première fois, qu'elle n'avait jamais été la femme de sir Richard; puis elle rougit et fondit en larmes.

Il restait à lui apprendre que le baronnet vivait encore.

— Vous souvient-il, Marthe, dit Harker, du sacrifice que vous fîtes un jour, en ma présence ? Vous veniez d'apprendre que sir Richard n'était pas mort, vous vous croyiez mariée légitimement à lui, et cependant vous renonciez à faire valoir vos droits d'épouse, de peur d'être un obstacle à son repos.

— Je m'en souviens, fit-elle, et s'il avait vécu je n'eusse jamais, jamais, manqué à cette promesse.

— Vous n'auriez pas cédé au désir de troubler le bonheur qu'il goûtait auprès d'une autre femme ?

— Non... puisqu'elle l'aimait, répondit Marthe. Le pauvre malheureux ! que de fois j'ai songé que Dieu s'était montré sévère à son égard en l'appelant à lui, au début de cette vie nouvelle qui semblait lui réserver tant de joies.

— Et qui aurait pu lui permettre d'expier ses fautes, ajouta Harker. Mais que diriez-vous, Marthe, s'il avait été sauvé, comme par miracle, si, enfin, il... vivait encore ?

— Il vit, s'écria Marthe en saisissant le bras d'Harker.

Puis voyant que son ami se méprenait sur ses paroles, elle lui tendit la main et reprit :

— Dites-moi qu'il est heureux et qu'il se conduit bien, dites-moi que sa femme l'aime. C'est tout ce que j'ai besoin de savoir.

— Il est heureux, il vit en honnête homme et sa femme l'a rendu père de deux enfants répondit Harker. Depuis que nous avons quitté l'Europe, je me suis arrangé pour avoir, de temps en temps, de ses nouvelles. Lisez cette lettre.

Marthe prit la lettre et la rendit sans la lire. Il y eut un instant de silence. Harker semblait avoir une dernière question à poser.

— Vous m'avez dit un jour, fit-il en la regardant tendrement, que vous vouliez vivre, afin que sir Richard, s'il devenait jamais veuf, pût vous épouser une seconde fois. Supposez que sa femme meure ?

— Je vous resterais fidèle, murmura Marthe. Le passé n'est plus pour moi qu'un rêve.

FIN

TABLE

TABLE 223

FIN DE LA TABLE

409 — Imp. Laloux fils et Guillot, rue des Canettes, 7.

Mars 1877.

CATALOGUE

DES

PUBLICATIONS

GÉOGRAPHIQUES

DE

LA LIBRAIRIE

HACHETTE ET CIE

PARIS, BOULEVARD SAINT-GERMAIN, 79

LONDRES, 18, KING WILLIAM STREET, STRAND

DIVISIONS DU CATALOGUE

I

DICTIONNAIRES
GÉOGRAPHIQUES

Bouillet : *Dictionnaire universel d'histoire et de géographie*, contenant : 1º l'histoire proprement dite; 2º la biographie universelle ; 3º la mythologie ; 4º la géographie ancienne et moderne. Ouvrage revu et continué par M. A. Chassang, inspecteur général de l'Université, recommandé par le conseil de l'instruction publique et approuvé par Mgr l'archevêque de Paris. Vingt-cinquième édition, avec un supplément. 1 volume de plus de 2000 pages, grand in-8, à deux colonnes, pouvant se diviser en deux parties, broché. 21 fr.

Le cartonnage en percaline gaufrée se paye en sus 2 fr. 75 c.; la demi-reliure en chagrin, 4 fr. 50 c.

Voir pour l'*atlas* qui fait suite au Dictionnaire, page 18.

Joanne (A.) : *Dictionnaire géographique, administratif, postal, statistique et archéologique de la France, de l'Algérie et des colonies*, contenant pour chaque commune la condition administrative, la population; la situation géographique, l'altitude; la distance des chefs-lieux de canton, d'arrondissement et de département; les bureaux de poste, les stations et correspondances des chemins de fer et le bureau de télégraphie; la cure ou succursale; l'indication de tous les établissements d'utilité publique ou de bienfaisance ; tous les renseignements administratifs, judiciaires, ecclésiastiques, militaires, maritimes; le commerce; l'industrie; l'agriculture; les richesses minérales; la nature du terrain; enfin les curiosités naturelles ou archéologiques; les collections d'objets d'art ou de sciences; avec la description détaillée de tous les cours d'eau, de tous les canaux, de tous les phares, de toutes les montagnes, et des notices géographiques, administratives, statistiques sur les 89 départements, une introduction sur la France, etc.; 2º édit., entièrement refondue, suivie d'un *supplément* contenant les communes qui ont cessé de faire partie du territoire français. 1 vol. grand in-8, à deux colonnes (2740 pages), broché. 25 fr.

Le cartonnage en percaline gaufrée se paye en sus 3 fr. 25; la demi-reliure en chagrin, 5 fr.

— *Petit Dictionnaire géographique de la France*, ouvrage abrégé du précédent; nouvelle édition. 1 vol. in-12. (*Sous presse.*)

Meissas et **Michelot** : *Dictionnaire de géographie ancienne et moderne*, contenant tout ce qu'il est important de connaître en géographie physique, politique, commerciale et industrielle, et les notions indispensables pour l'étude de l'histoire ; nouvelle édition. 1 volume grand in-8, contenant 8 cartes coloriées, broché. 7 fr. 50

Le cartonnage en percaline gaufrée se paye en sus. 1 fr. 50

Vivien de Saint-Martin : *Nouveau dictionnaire de géographie universelle*, contenant : 1º la Géographie physique; 2º la Géographie politique; 3º la Géographie économique; 4º l'Ethnologie ; 5º la Géographie historique ; 6º la Bibliographie.

L'ouvrage formera deux magnifiques volumes in-4, format du *Dictionnaire de la langue française de M. E. Littré*, imprimés sur trois colonnes. Chaque volume contiendra environ 200 feuilles (1'600 pages). La publication aura lieu par fascicules de 10 feuilles (80 pages), soit 1'600 pages. Chaque fascicule se vendra 2 fr. 50 c. Il paraîtra au moins 6 fascicules par an à dater du 1er février 1877. — Le premier fascicule est en vente.

II

VOYAGES

Abbadie (Arnaud d') : *Douze ans de séjour dans la Haute-Ethiopie* (*Abyssinie*). Tome Ier. 1 vol. in-8. 7 fr. 50

Agassiz (M. et Mme) : *Voyage au Brésil*, traduit de l'anglais, par F. Vogeli et abrégé par J. Belin de Launay. 1 vol. in-18 jésus, avec 16 gravures et 1 carte.   2 fr. 25
Le même ouvrage, sans les gravures. 1 vol.   1 fr. 25

Aunet (Mme L. d') : *Voyage d'une femme au Spitzberg*. 1 vol. in-18 jésus, avec 34 vignettes.   2 fr. 25
Le même ouvrage, sans les vignettes. 1 vol.   1 fr. 25

Baines (Th.) : *Voyages dans le sud-ouest de l'Afrique*, traduits et abrégés par J. Belin de Launay. 1 vol. in-18 jésus, avec 22 gravures et 1 carte.   2 fr. 25
Le même ouvrage, sans gravures. 1 vol.   1 fr. 25

Baker (W.) : *Découverte de l'Albert N'yanza*, traduit de l'anglais par Gustave Masson. 1 vol. in-8, avec 8 gravures et 2 cartes.   10 fr.
Le même ouvrage, abrégé par J. Belin de Launay. 1 vol. in-18 jésus, avec 16 vignettes et 2 cartes. 2 fr. 25
Le même, sans les vignettes. 1 fr. 25 c.

— *Ismaïlia*. Récit d'une expédition dans l'Afrique centrale pour l'abolition de la traite des noirs, traduit par M. Vattemare. 1 vol. in-8, avec 56 gravures et 2 cartes.   10 fr.

Baldwin : *Du Natal au Zambèse*. 1861-1866. Récits de chasse. Traduction de Mme Henriette Loreau, abrégée par J. Belin de Launay. 1 vol. in-18 jésus, avec 24 gravures et 1 carte.   2 fr. 25

Le même ouvrage, sans les gravures. 1 vol.   1 fr. 25

Bouyer (Frédéric), capitaine de frégate : *la Guyane française*, notes et souvenirs d'un voyage exécuté en 1862-1863. 1 vol. in-4, tiré sur papier teinté, avec 100 gravures et 3 cartes.   10 fr.

Burton (le C.) : *Voyage aux grands lacs de l'Afrique orientale*, traduit de l'anglais par Mme H. Loreau. 1 vol. in-8, avec 37 vignettes dans le texte.   10 fr.

— *Voyages à la Mecque, aux grands lacs d'Afrique et chez les Mormons*, abrégés par J. Belin de Launay. 1 volume in-18 jésus, avec 12 gravures et 3 cartes.   2 fr. 25
Le même ouvrage, sans gravures. 1 vol.   1 fr. 25

David (l'abbé) : *Journal de mon troisième voyage d'exploration dans l'empire chinois*. 2 vol. in-18 jésus. 7 fr.

Davillier (le baron Ch.) : *L'Espagne*. 1 beau vol. in-4, avec 300 gravures sur bois, d'après les dessins de Gustave Doré.   50 fr.

Deville (L.) : *Excursions dans l'Inde*. 1 vol. in-18 jésus.   3 fr. 50

Duruy (Victor) : *Causeries de voyage : De Paris à Vienne*. 1 vol. in-18 jésus.   3 fr. 50

Énault (L.) : *Londres illustré*. 1 beau vol. in-4º, avec 150 gravures sur bois, d'après les dessins de Gustave Doré, et un plan.   50 fr.

— *Constantinople et la Turquie*. 1 vol. in-18 jésus.   3 fr. 50

Forbin (comte de) : *Voyage à Siam*. 1 vol. in-18 jésus.   50 c.

Garnier (F.) : *Voyage d'exploration en Indo-Chine*. 2 vol. in-4, contenant 158 gravures sur bois, avec un atlas in-folio cartonné, renfermant 12 cartes, 10 plans, 2 eaux-fortes, 10 chromo-lithographies, 4 lithographies à 3 teintes et 31 lithographies à 2 teintes. 200 fr.

Gobineau (comte de) : *Trois ans en Asie* (1856-1858). 1 vol. in-8. 3 fr.

Gourdault (J.) : *Voyage au pôle nord des navires,* la Hansa *et la* Germania, rédigé d'après les relations officielles. 1 vol. in-8, avec 80 gravures et 3 cartes. 10 fr.

— *L'Italie,* description de toute la péninsule depuis les passages alpestres exclusivement, jusqu'aux régions extrêmes de la grande Grèce. 1 magnifique vol. in-4, avec 400 gravures sur bois. 50 fr.

Hayes (Dr) : *La mer libre du pôle,* voyages et découvertes dans les mers Arctiques (1860-1861), traduit de l'anglais et accompagné de notes complémentaires par M. E. de Lanoye. 1 vol. in-8 avec 70 gravures et 3 cartes. 10 fr.

Le même ouvrage, abrégé par J. Belin de Launay. 1 vol. in-18 jésus, avec 14 gravures et 1 carte. 2 fr. 25

Le même, sans gravures. 1 fr. 25

— *La Terre de désolation,* excursion d'été au Groënland, traduit de l'anglais par J.-M.-L. Reclus. 1 vol. in-8, avec 43 gravures et une carte. 10 fr.

Hepworth Dixon : *La Russie libre.* Ouvrage traduit de l'anglais par Em. Jonveaux. 1 vol. in-8° avec 75 gravures et une carte. 10 fr.

— *La Conquête blanche,* ouvrage traduit de l'anglais, par H. Vattemare. 1 vol. in-8, avec 75 gravures sur bois. 10 fr.

Hervé et de Lanoye : *Voyage dans les glaces du pôle arctique.* 1 vol. in-18 jésus, avec 40 vignettes. 2 fr. 25

Hübner (le baron de) : *Promenade autour du monde;* nouvelle édition. 2 vol. in-18 jésus. 7 fr.

Le même ouvrage, illustré. 1 magnifique vol. in-4, avec 300 gravures sur bois. 50 fr.

Hugo (Victor) : *Le Rhin.* 3 vol. in-18 jésus. 10 fr. 50

Humbert (Aimé) : *Le Japon illustré.* 2 beaux vol. in-4, avec 500 gravures sur bois, 1 carte du Japon et 4 plans. 50 fr.

Lacour (Raoul) : *L'Égypte, d'Alexandrie à la seconde cataracte.* 1 vol. in-8, avec gravures sur bois et cartes d'Egypte et de Nubie. 7 fr. 50

Lamartine : *Voyage en Orient.* 2 vol. in-8, avec gravures sur acier. 15 fr.

Le même ouvrage, sans gravures. 2 vol. in-18 jésus. 7 fr.

Lanoye (Fr. de) : *Le Nil et ses sources.* 1 vol. in-18 jésus, avec 32 vignettes et cartes. 2 fr. 25

Le même ouvrage, sans vignettes. 1 vol. 1 fr. 25

— *La Sibérie.* 1 vol. in-18 jésus, avec 48 vignettes. 2 fr. 25

— *La mer polaire,* voyage de *l'Érèbe* et de *la* Terreur, et expédition à la recherche de Franklin ; 3e édition. 1 vol. in-18 jésus, avec 29 vignettes et des cartes. 2 fr. 25

Laporte (L.) : *L'Égypte à la voile.* 1 vol. in-18 jésus. 3 fr.

Le Tour du monde. (Voyez page 27.) *Table décennale du Tour du monde* (1860-1869). Brochure in-4. 1 fr.

Lejean (G.) : *Voyage en Abyssinie.* 1 vol. in-4 et atlas. 20 fr.

Léouzon-Leduc : *La Baltique.* 1 vol. in-18 jésus. 1 fr. 25

— *Les îles d'Aland.* In-18 jésus. 1 fr. 25

Liégeard (Stéphen) : *Vingt journées d'un touriste au pays de Luchon.* 1 vol. in-18 jésus. 3 fr. 50

Livingstone (David) : *Explorations dans l'intérieur de l'Afrique australe.* Ouvrage traduit de l'anglais par Mme H. Loreau. 1 vol. in-8, avec 45 gravures et 2 cartes. 10 fr.

— *Le dernier journal,* voyage au centre de l'Afrique (1866-1873), suivi du récit des derniers moments de l'illustre voyageur et du transport de ses restes. Traduit de l'anglais, par Mme H. Loreau. 2 vol. in-8, avec 45 gravures et 2 cartes. 20 fr.

Livingstone (David et Charles) : *Explorations du Zambèse et de ses affluents,* et découverte des lacs Chiroua et Nyassa (1858-1864). Ouvrage traduit de l'anglais par Mme H. Loreau. 1 vol. in-8° avec 47 gravures et 4 cartes. 10 fr.

— *Explorations dans l'Afrique australe*, abrégées par J. Belin de Launay. 1 volume in-18 jésus, avec 20 gravures et une carte. 2 fr. 25

Le même ouvrage, sans gravures. 1 vol. 1 fr. 25

Mage (le L.) : *Voyage dans le Soudan occidental* (Sénégambie et Niger, 1863-1866). 1 vol. in-8, avec 60 gravures d'après les dessins de l'auteur, et 8 cartes et plans.

Il ne reste plus que treize exemplaires sur papier de Chine du prix de 25 fr.

Le même ouvrage, abrégé par J. Belin de Launay. 1 vol. in-18 jésus, avec 16 gravures et 1 carte. 2 fr. 25

Le même, sans gravures. 1 fr. 25

Marcoy (Paul): *Voyage à travers l'Amérique du Sud*, de l'océan Atlantique à l'océan Pacifique. Deux beaux vol. in-4, avec 626 gravures sur bois et 20 cartes. 50 fr.

— *Scènes et paysages dans les Andes*. 2 vol. in-18 jésus. 2 fr. 50

Marmier (X.), de l'Académie française : *Lettres sur le Nord*; 1 vol. in-18 jésus. 3 fr. 50

— *Un été au bord de la Baltique et de la mer du Nord*. 1 vol. in-18 jésus. 3 fr. 50

— *De l'Est à l'Ouest*. 1 vol. in-18 jésus. 3 fr. 50

Milton et Cheadle : *Voyage de l'Atlantique au Pacifique*, à travers le Canada, les montagnes Rocheuses et la Colombie anglaise. Ouvrage traduit de l'anglais par J. Belin de Launay. 1 vol. in-8, avec 22 vignettes et 2 cartes. 10 fr.

Le même ouvrage, abrégé, avec 16 gravures et 2 cartes. 1 vol. in-18 jésus. 2 fr. 25

Le même, sans gravures. 1 fr. 25

Molinari (M. D.-G.) : *Lettres sur les États-Unis et le Canada*. 1 vol. in-18 jésus. 3 fr. 50

Moges (le marquis de) : *Souvenirs d'une ambassade en Chine et au Japon*. 1 vol. in-18 jésus. 1 fr. 25

Montégut (Emile) : *Tableaux de la France : Souvenirs de Bourgogne*. 1 vol. in-18 jésus. 3 fr. 50

En Bourbonnais et en Forez. 1 vol. in-18 jésus. 3 fr. 50

Mouhot (Charles) : *Voyage dans les royaumes de Siam, de Cambodge et de Laos*. 1 vol. in-18 jésus, avec 28 gravures et une carte. 2 fr. 25

Le même ouvrage, sans gravures. 1 vol. 1 fr. 25

Palgrave (W. G.) : *Une année de voyage dans l'Arabie centrale* (1862-1863). Ouvrage traduit de l'anglais par E. Jonveaux. 2 vol. in-8, avec 1 carte et 4 plans. 10 fr.

Le même ouvrage, abrégé par J. Belin de Launay. 1 vol. in-18 jésus, avec 12 gravures et 1 carte. 2 fr. 25

Le même, sans gravures. 1 fr. 25

Pascal (L.): *La Cange, voyage en Égypte*. 1 vol. in-18 jésus. 2 fr.

Perron d'Arc : *Aventures d'un voyageur en Australie*. 1 vol. in-18 jésus, avec 25 gravures. 2 fr. 25

Le même ouvrage, sans gravures. 1 vol. 1 fr. 25

Perrot (Georges): *L'île de Crète*, souvenirs de voyage. 1 volume in-18 jésus. 1 fr. 25

Pfeiffer (Mme Ida) : *Voyage d'une femme autour du monde*, traduit de l'allemand par W. de Suckau. 1 vol. in-18 jésus, avec carte. 3 fr. 50

— *Mon second voyage autour du monde*, traduit de l'allemand par W. de Suckau. 1 vol. in-18 jésus, avec carte. 3 fr. 50

— *Voyage à Madagascar*, traduit de l'allemand par W. de Suckau, et précédé d'une notice sur Madagascar, par Fr. Riaux. 1 vol. in-18 jésus, avec carte. 3 fr. 50

— *Voyages autour du monde*, abrégés par J. Belin de Launay. 1 volume in-18 jésus, avec 16 gravures et une carte. 2 fr. 25

Le même ouvrage, sans gravures. 1 vol. 1 fr. 25

Raynal (F.-E.) : *Les naufragés, ou vingt mois sur un récif des îles Auckland*, récit authentique. 1 vol. in-8, avec 40 gravures, par A. de Neuville, et une carte. 10 fr.

Rousselet (L.) : *L'Inde des Rajahs*. Voyages dans l'Inde centrale et dans les présidences de Bombay et du Bengale; 2e édit. 1 beau vol. in-4, avec 517 gravures et 5 cartes. 50 fr.

Schweinfurth (G.) : *Au cœur de l'Afrique*. Voyages et découvertes dans les régions inexplorées de l'Afrique centrale de 1868 à 1871. Ouvrage traduit de l'anglais, par Mme H. Loreau. 2 volumes in-8°, avec 150 gravures et 2 cartes. 20 fr.
  Le même ouvrage, édition abrégée, par J. Belin de Launay. 1 vol. in-18 jésus, avec 16 gravures et 1 carte. 2 fr. 25
  Le même, sans gravures. 1 fr. 25

Simonin : *Le monde américain*, souvenir de mes voyages aux Etats-Unis. 1 vol. in-18 jésus. 3 fr. 50

Speke : *Journal de la découverte des sources du Nil;* 1 vol. in-8, avec 3 cartes et 78 gravures d'après les dessins du capitaine Grant. 10 fr.
  Le même ouvrage, édition abrégée par J. Belin de Launay. 1 volume in-18 jésus, avec 24 gravures et 3 cartes. 2 fr. 25
  Le même, sans gravures. 1 fr. 25

Stanley (H.) : *Comment j'ai retrouvé Livingstone*, traduit de l'anglais par Mme H. Loreau. 1 vol. in-8, avec 60 gravures et 5 cartes. 10 fr.
  Le même ouvrage, édition abrégée, par J. Belin de Launay. 1 vol. in-18 jésus, avec grav. et cartes. 2 fr. 25
  Le même, sans gravures. 1 fr. 25

Taine (H.) : *Voyage aux Pyrénées;* 2e édit. 1 vol. in-8°, tiré sur papier dessins avec 350 vignettes d'après les teintes, de Gustave Doré. 10 fr.
  Le même ouvrage, sans les vignettes. 1 vol. in-18 jésus. 3 fr. 50
— *Voyage en Italie.* 2 vol. in-18 jésus, qui se vendent séparément :
  Tome I : *Naples et Rome.* 3 fr. 50
  Tome II : *Florence et Venise.* 3 fr. 50
— *Notes sur l'Angleterre.* 1 vol. in-18 jésus. 3 fr. 50

Thomson (J.) : *Dix ans de voyage dans la Chine et l'Indo-Chine.* Ouvrage traduit de l'anglais, par A. Talandier. 1 vol. in-8, avec 50 gravures sur bois. 10 fr.

Thomson (W.) : *Les abîmes de la mer.* Récits des croisières du *Porc-Epic* et de *l'Eclair* et des résultats obtenus par les dragages faits à bord de ces navires en 1868, 1869, 1870. Ouvrage traduit de l'anglais par le Dr Lortert. 1 vol. in-8, avec 94 gravures. 15 fr.

Trémaux (P.) : *Voyage dans la Nigritie, au Soudan oriental et dans l'Afrique septentrionale.* Grand atlas de 51 planches in-folio, avec textes, cartes, etc. 120 fr.
— *Exploration archéologique en Asie Mineure*, comprenant les restes non connus de 40 cités antiques.
Formera 43 livraisons de 5 planches in-folio et texte. Les 10 premières livraisons sont en vente. Prix de chaque livraison. 10 fr.
— *Voyage au Soudan.* 1 vol. in-8. 4 fr.

Vambéry : *Voyages d'un faux derviche dans l'Asie centrale*, de Téhéran à Khiva, à Bokhara et à Samarcand, par le grand désert Turkoman. Ouvrage traduit de l'anglais par M. E.-D. Forgues. 1 vol. in-8, avec 34 gravures et une carte. 10 fr.
  Le même ouvrage, abrégé par J. Belin de Launay. 1 vol. in-18 jésus, avec 18 gravures et une carte. 2 fr. 25
  Le même, sans gravures. 1 fr. 25

Varigny (C. de) : *Quatorze ans aux îles Sandwich.* 1 volume in-18 jésus. 3 fr. 50

Wey (Fr.) : *Rome, descriptions et souvenirs;* 3e édit. 1 beau vol. in-4, avec 346 grav. et un plan de Rome. 50 fr.
— *La Haute Savoie.* 1 volume in-18 jésus. 3 fr. 50

Whymper (E.) : *Escalades dans les Alpes.* Ouvrage traduit de l'anglais par Ad. Joanne. 1 vol. in-8, avec 75 gravures d'après les croquis de l'auteur. 10 fr.

Whymper (Fr.) : *Voyages et aventures dans l'Alaska.* Ouvrage traduit de l'anglais par M. Emile Jonveaux. 1 vol. in-8°, avec 37 gravures et 1 carte. 10 fr.

III

GÉOGRAPHIE

ET

OUVRAGES DIVERS

Annuaire du club alpin français. Année 1875. 1 vol. in-8°, avec gravures et cartes.   **18 fr.**

Cortambert, *Voyage pittoresque à travers le monde.* 1 vol. in-8, avec 60 gravures.   **5 fr.**

Daubrée : *La mer et les continents.* 1 vol. in-18.   **25 c.**

Desjardins (Ernest), membre de l'Institut, maître de conférences à l'École normale supérieure : *Atlas géographique de l'Italie ancienne*, composé de 7 cartes et d'un dictionnaire de tous les noms qui y sont contenus, avec l'indication de leurs positions et les renvois aux cartes de l'atlas. In-folio, demi-reliure.   **4 fr.**

— *Table de Peutinger*, d'après l'original conservé à Vienne, précédée d'une introduction historique et critique, et accompagnée : 1° d'un index alphabétique des noms et de la carte originale avec les lectures des éditions précédentes ; 2° d'un texte donnant, pour chaque nom, le dépouillement géographique des auteurs anciens, des inscriptions, des médailles et le résumé des discussions touchant son emplacement ; 3° d'une carte de redressement, comprenant tous les noms à leur place et identifiés, quand cela est possible, avec les localités modernes correspondantes ; 4° d'une seconde carte rétablissant la conformité des indications générales de la table avec les connaissances présumées des Romains sous Auguste (*Orbis pictus d'Agrippa*). L'ouvrage complet formera 18 livraisons in-folio, du prix de 10 fr. Les 14 premières livraisons sont en vente.

La *Table de Peutinger*, dont l'original unique est conservé à la bibliothèque impériale de Vienne, est la copie faite au treizième siècle d'un document beaucoup plus ancien, remontant même, très-certainement, à l'époque de l'empire romain et à la période comprise entre Auguste et les fils de Constantin. Cette carte représente l'*Orbis Romanus*. La copie du treizième siècle est exécutée sur onze feuilles de parchemin. Elle représente les régions provinciales, les provinces, les peuples et le réseau des routes de l'empire au quatrième siècle, avec les distances qui les séparent, distances exprimées en lieues gauloises.

— *Géographie de la Gaule*, d'après la table de Peutinger. 1 vol. grand in-8, avec cartes.   **25 fr.**

— *Géographie historique et administrative de la Gaule romaine.* 4 beaux vol. in-8 jésus. Ouvrage contenant une carte d'ensemble de la Gaule romaine, des cartes, eaux-fortes et gravures en couleurs tirées à part, des bois et des zincs intercalés dans le texte. Tome premier. Introduction et géographie physique comparée ; Époque romaine ; Époque actuelle. 1 vol. grand in-8, avec cartes.   **20 fr.**

L'ouvrage comprendra quatre volumes qui seront vendus séparément, ainsi que la grande carte comparée de la Gaule romaine.

Le tome II paraîtra dans les premiers mois de 1877. Les tomes III et IV suivront de près.

(Voir page 30).

Duval (Jules) : *Notre planète.* 1 vol. in-18 jésus.   **3 fr. 50**

— *Notre pays.* 1 vol. in-18 jésus.   **1 fr. 25**

Himly (Auguste) : *Histoire de la for-mation territoriale des Etats de l'Eu-rope centrale.* 2 vol. in-8. 15 fr.
(Voir page 31).

Longnon : *Géographie de la Gaule au temps de Grégoire de Tours.* 1 vol. in-8, avec carte. (Sous presse).

Maury (Alfred), membre de l'Institut : *La terre et l'homme,* ou aperçu de géologie, de géographie et d'ethnologie générales. 1 vol. in-18 jésus. 5 fr.

Reclus (Élisée) : *La terre,* description des phénomènes de la vie du globe :
Première partie : *Les continents.* Un vol. grand in-8, avec 250 figures et 24 cartes tirées en couleur. 15 fr.
Deuxième et dernière partie : *L'o-céan,* *l'atmosphère, la vie.* Un vol. grand in-8, avec 230 cartes ou figures et 2 grandes cartes tirées à part en couleur. 15 fr.
— *Les phénomènes terrestres.* 2 vol. in-18 jésus :
   I. *Les continents.* 1 vol.
   II. *Les mers et les météores.* 1 vol.
Chaque volume séparément. 1 fr. 25
— *Nouvelle géographie universelle :* La terre et les hommes.
(Voir page 28.)

Reclus (Onésime) : *Géographie géné-rale* (Europe ; — Asie ; — Océanie ; Afrique ; — Amérique ; — France et ses colonies) ; nouvelle édition. 2 vol. in-12. (Sous presse.)

— *Géographie de la France, de l'Algé-rie et des colonies.* 1 vol. in-12. 3 fr. 50

Strabon : *Géographie,* traduction nou-velle par M. Amédée Tardieu, sous-bibliothécaire de l'Institut. Tomes I et II.
   Prix de chaque vol. 3 fr. 50
   L'ouvrage formera 3 volumes.

Vivien de Saint-Martin : *Atlas universel de géographie ancienne, mo-derne et du moyen-âge,* avec un texte analytique. Environ 110 cartes in-fo-lio, gravées sur cuivre, par nos meil-leurs artistes et publiées par livrai-sons. Chaque livraison composée de trois cartes et de notices. 6 fr.
(Voir page 22).

— *Histoire de la géographie* et des découvertes géographiques, depuis les temps les plus reculés jusqu'à nos jours. 1 vol. in-8 et atlas in-folio de 12 cartes en couleurs. 20 fr.

—*L'année géographique,* revue annuelle des voyages de terre et de mer, ainsi que des explorations, missions, rela-tions et publications diverses relatives aux sciences géographiques et ethno-graphiques. Continuée depuis 1876, par MM. Maunoir et Duveyrier ; 13 an-nées (1862-1876), formant quatorze volumes in-18 jésus.
Chaque volume séparément. 3 fr. 50
Les années 1870-1871 ne forment qu'un volume.
(Voir page 29.)

IV

GUIDES ET ITINÉRAIRES

POUR LES VOYAGEURS

Cette collection, qui comprend 100 volumes environ, est constamment tenue à jour et continuée sous la direction de M. **Adolphe Joanne.**

I. GUIDES DIAMANT

POUR

LA FRANCE ET L'ÉTRANGER

Format in-32 jésus.

Nouvelle série de guides portatifs, contenant dans un petit format tous les renseignements nécessaires aux voyageurs.

Chaque volume, élégamment cartonné en percaline gaufrée, est accompagné de cartes et de gravures.

FRANCE.

Aix-les-Bains, Marlioz et leurs environs, par *Ad. Joanne.* 1 vol. broché. 1 fr. 50

Biarritz et autour de Biarritz, par *Germond de Lavigne.* 1 vol. 2 fr. 50

Bordeaux, Arcachon, Royan, par *Ad. Joanne,* 1 vol. 2 fr. 50

Boulogne, Calais, Dunkerque, par *Michelant.* 1 vol. 3 fr.

Bretagne, par *Ad. Joanne.* 1 vol. 4 fr.

Dauphiné et Savoie, par le même. 1 vol. 7 fr. 50

Dieppe et le Tréport, par le même. 1 vol. 2 fr. 50

France, par le même. 1 vol. 6 fr.

Hyères et Toulon, par le même. 1 vol. 2 fr. 50

Le Havre, Étretat, Fécamp, Saint-Valery-en-Caux, par le même. 1 vol. 3 fr.

Lyon et ses environs, par le même. 1 vol. 3 fr.

Marseille et ses environs, par *Alfred Saurel.* 1 vol. 3 fr.

Mont-Dore (le) et ses environs, par *Louis Piesse.* 1 vol. 3 fr.

Normandie, par *Ad. Joanne.* 1 volume. 4 fr.

Paris, en français, par *Ad. et Paul Joanne.* 1 vol. 3 fr. 50

Paris, en anglais, par *Ad. Joanne,* 1 vol. 3 fr. 50

Paris, en espagnol, par le même. 1 volume. 3 fr.

Paris, en allemand, par le même. 1 volume. 3 fr.

Pyrénées, par *Ad. et Paul Joanne.* 1 vol. 5 fr.

Stations d'hiver (les) de la Méditerranée, par *Paul Joanne.* 1 volume. 3 fr. 50

Trouville et les bains de mer du Calvados, par *Ad. Joanne.* 1 vol. 3 fr.

Vichy et ses environs, par *Louis Piesse.* 1 vol. 2 fr. 50

Vosges, Alsace et Ardennes, par *Paul Joanne.* 1 vol. 5 fr.

ÉTRANGER.

Bade et la Forêt Noire, par *Ad. Joanne.* 1 vol. 3 fr.

Baden and the **Black Forest**, par le même. 1 vol. 3 fr.

Belgique et **Hollande**, par *A.-J. Du Pays.* 1 vol. 5 fr.

Espagne et **Portugal**, par *Germond de Lavigne.* 1 vol. 4 fr.

Italie et **Sicile**, par *A.-J. Du Pays.* 1 vol. 4 fr.

Londres et ses environs, par *L. Rousselet.* 1 vol. 5 fr.

Paris à Vienne (de), par *P. Joanne*, 1 vol. 4 fr.

Rome et ses environs, par *A.-J. Du Pays.* 1 vol. 5 fr.

Spa et ses environs, par *Ad. Joanne.* 1 vol. 2 fr. 50

Suisse, par le même. 1 vol. 6 fr.

II. GUIDES ET ITINÉRAIRES

POUR

LA FRANCE ET L'ALGÉRIE

Format in-18 jésus.

Chaque volume, cartonné en percaline gaufrée, est accompagné de cartes et de gravures. (Voir aussi aux *Guides diamant*, p. 14.)

GUIDES POUR PARIS ET SES ENVIRONS.

Paris illustré, par *Ad. Joanne.* 1 fort vol. 12 fr.

Liste alphabétique des rues de Paris. 1 vol. 60 c.

Paris (nouveau plan de), dressé par *A. Vuillemain*, et tiré en taille-douce sur une feuille grand monde.

Le plan seul. 1 fr. 50
Le plan en feuille, avec la liste alphab. 2 fr. »
Cartonné, avec la liste alphabétique. 2 fr. 50
Collé sur toile et relié en percaline. 4 fr. 50

Environs de Paris illustrés, par *Ad. Joanne.* 1 vol. 9 fr.

Versailles, son palais, son jardin, son musée, ses eaux, les deux Trianons, par le même. 1 vol. 3 fr.

Versailles et les deux Trianons, extrait du précédent. 1 vol in-32. 1 fr.

Le parc et les grandes eaux de Versailles, extrait du précédent. 1 vol broché. 50 c.

Guide to Versailles, by *Ad Joanne*, translated in to english. With numerous illustrations and three plans. 1 vol. 3 fr.

GUIDES GÉNÉRAUX POUR LA FRANCE.

ITINÉRAIRE GÉNÉRAL DE LA FRANCE, PAR AD. JOANNE :

I. **Paris illustré**. 1 vol. 12 fr.

II. **Environs de Paris illustrés**. 1 vol. 9 fr.

III. **Jura et Alpes françaises**, 1 vol. 15 fr.

IV. **Provence, Alpes maritimes, Corse**. 1 vol. 11 fr.

V. **Auvergne, Morvan, Velay, Cévennes**. 1 vol. 10 fr.

VI. **De la Loire à la Garonne**. 1 vol. 15 fr.

VII. **Pyrénées**. 1 vol. 12 fr.

VIII. **Bretagne**. 1 vol. 10 fr.

IX. **Normandie**. 1 vol. 10 fr.

X. **Nord**. 1 vol. 8 fr.

XI. **Vosges et Ardennes**. 1 volume. 11 fr.

Guide du voyageur en France, par *Richard;* 27e édition, entièrement refondue. 1 vol. 12 fr.

Guide du voyageur dans la France monumentale, par *Richard* et *E. Hocquart.* 1 vol. 9 fr.

GUIDES SPÉCIAUX POUR UNE PROVINCE OU POUR UNE VILLE.

Pau, Eaux-Bonnes, Eaux-Chaudes : bains, séjour, excursions. 1 vol. broché. 2 fr.

Plombières, par *Édouard Lemoine* et le docteur *Lhéritier.* 1 vol. 4 fr. 50

— 12 —

ITINÉRAIRES ILLUSTRÉS DES CHEMINS DE FER FRANÇAIS

LIGNES DE L'EST :

De Paris à Strasbourg, par *Moléri*, 1 vol. 4 fr. 50
De Strasbourg à Bâle, par le même. 1 vol. broché. 1 fr.
De Paris à Strasbourg et à Bâle, par le même. 1 vol. 5 fr.
De Paris à Mulhouse et à Bâle, par *G. Héquet*. 1 vol. 4 fr. 50

LIGNES DE LYON ET DE LA MÉDITERRANÉE :

De Paris à Lyon, par *Ad. Joanne*. 1 vol. 5 fr.
De Paris en Suisse, par Dijon, Dôle et Besançon, par le même 1 volume. Prix. 4 fr. 50
De Dijon en Suisse, par Dôle et Besançon, par le même. 1 volume, broché. 2 fr.
De Lyon à la Méditerranée, par *Ad. Joanne* et *J. Ferrand*. 1 volume Prix. 5 fr.
De Paris à la Méditerranée, comprenant de Paris à Lyon, par *Ad. Joanne*, et de Lyon à la Méditerranée, par *Ad. Joanne* et *J. Ferrand*. 1 fort vol. 9 fr.

LIGNES DU MIDI :

De Bordeaux à Toulouse, à Cette et à Perpignan, par *Ad. Joanne*. 1 vol. 4 fr. 50
De Bordeaux à Bayonne, à Biarritz, à Arcachon, à Saint-Sébastien, à Mont-de-Marsan et à Pau, par le même. 1 vol. 3 fr. 50

LIGNES DU NORD :

De Paris à Boulogne, à Saint-Valery, au Tréport, à Calais, à Dunkerque, à Lille, à Valenciennes et à Beauvais, par *Eugène Pénel*. 1 vol. Prix. 5 fr.
De Paris à Bruxelles, à Cologne, à Senlis, à Laon, à Dinant, à Givet, à Namur, à Luxembourg, à Liége, à Verviers, à Spa, à Trèves, à Maëstricht, par *A. Morel*. 1 vol. 3 fr. 50

LIGNE D'ORLÉANS ET PROLONGEMENTS :

De Paris à Bordeaux, par *Ad. Joanne:* 1 vol. 4 fr. 50
De Paris à Nantes et à Saint-Nazaire (par Orléans, Blois et Tours), par le même. 1 vol. 5 fr.
De Paris à Nantes (par le Mans, Sablé et Angers). Voir plus loin *aux lignes de l'Ouest.*
De Paris à Agen (par Vierzon, Limoges et Périgueux), par *Célestin Port*. 1 vol. 5 fr.
De Nantes à Brest, à Saint-Nazaire, à Rennes et à Pontivy, par *Pol de Courcy*. 1 vol. 4 fr. 50
De Poitiers à la Rochelle, à Rochefort et à Royan, par *Ad. Joanne*. 1 vol. broché. 2 fr.
De Paris à Sceaux et à Orsay, par le même. 1 vol. broché. 1 fr. 25

LIGNES DE L'OUEST :

De Paris à Rouen et au Havre, par *Eugène Chapus*. 1 vol. 4 fr. 50
De Paris à Rennes et à Alençon, par *A. Moutié*. 1 vol. 4 fr. 50
De Paris à Cherbourg, par *L. Énault*. 1 vol. 4 fr. 50
De Paris à Nantes (par le Mans, Sablé et Angers), par *D. Moutié*, *E. L.* et *Ad. Joanne*. 1 vol. 4 fr. 50
De Paris à Saint-Germain, à Poissy et à Argenteuil, par *Ad. Joanne*. 1 vol., broché. 2 fr. 50
De Rennes à Brest et à Saint-Malo, par *Pol de Courcy*. 1 volume Prix. 4 fr. 50

GUIDE POUR L'ALGÉRIE.

Itinéraire historique et descriptif de l'Algérie, Tunis et Tanger, par *L. Piesse*. 1 vol. 12 fr.

III. GUIDES ET ITINÉRAIRES

POUR

LES PAYS ÉTRANGERS.

Format in-18 jésus.

Chaque volume, cartonné en percaline gaufrée, est accompagné de cartes, plans ou gravures.

(Voir aussi aux *Guides diamant*, page 10.)

ALLEMAGNE ET BORDS DU RHIN.

Itinéraire historique et descriptif de l'Allemagne du Nord, par *Ad. Joanne* : comprenant Strasbourg, Bade, Carlsruhe, Heidelberg, Darmstadt, Francfort, Hombourg, Mayence, Wiesbade, Creuznach, Luxembourg, Trèves, Coblentz, Ems, Bonn, Cologne, Aix-la-Chapelle, Dusseldorf, Hanovre, Brunswick, Münster, Brême, Hambourg, Rostock, Schwerin, Magdebourg, Pyrmont, Gœttingen, Cassel, Gotha, Erfurth, Weimar, Kissingen, Cobourg, Bamberg, Iéna, Nuremberg, Leipzig, Berlin, Postdam, Stettin, Posen, Dantzig, Tilsitt, Kœnigsberg, Breslau, Dresde, Tœplitz. 1 vol. 12 fr.

Les bords du Rhin illustrés, par le même. 1 vol. 7 fr.

Les trains de plaisir des bords du Rhin, ou de Paris à Paris, par Strasbourg, Bade, Carlsruhe, Heidelberg, Mannheim, Francfort, Mayence, Coblentz, Cologne, Aix-la-Chapelle, Spa, Liége et Bruxelles, par le même. 1 vol. 4 fr.

ANGLETERRE, ÉCOSSE ET IRLANDE.

Itinéraire descriptif et historique de la Grande-Bretagne, comprenant l'Angleterre, l'Ecosse et l'Irlande, par *Alphonse Esquiros*. 1 vol. 16 fr.

Itinéraire descriptif et historique de l'Écosse, par *Ad. Joanne*. 1 volume. 7 fr. 50

HOLLANDE.

Itinéraire descriptif, historique et artistique de la Hollande, par *A. Du Pays*. 1 vol. 6 fr.

ESPAGNE ET PORTUGAL.

Itinéraire descriptif, historique et artistique de l'Espagne et du Portugal, par *A. Germond de Lavigne*. 1 fort vol. 18 fr.

EUROPE.

Guide du voyageur en Europe, par *Ad. Joanne*. 1 fort vol. 22 fr.

Les bains d'Europe, guide descriptif et médical des eaux d'Allemagne, d'Angleterre, de Belgique, d'Espagne, de France, d'Italie et de Suisse, par *Ad. Joanne* et le docteur *A. Le Pileur*. 1 vol. 10 fr.

ITALIE.

Itinéraire descriptif, historique et artistique de l'Italie et de la Sicile, par *A.-G. Du Pays*. 2 forts vol. qui se vendent séparément :

Italie du Nord. 1 vol. 12 fr.
Italie du Sud. 1 vol. 15 fr.

De Paris à Venise ; notes au crayon, par *Charles Blanc*. 1 vol. br. 3 fr.

ORIENT.

Itinéraire descriptif, historique et archéologique de l'Orient, par le docteur *Émile Isambert*. 2 forts vol. qui se vendent séparément :

Grèce et Turquie d'Europe. 1 vol. br. 22 fr., cartonné. 25 fr.
Égypte, Syrie et Palestine. 1 vol. (sous presse.)

Trois ans en Judée, par *Gérardy Saintine*. 1 vol. broché. 2 fr.

SUISSE.

Itinéraire de la Suisse, du Mont-Blanc, de la vallée de Chamonix et des vallées du Piémont, par *Ad. Joanne*. 1 vol. 15 fr.

V

GÉOGRAPHIE DE LA FRANCE

LIVRES ET ATLAS

Belin de Launay, inspecteur d'Académie : *Petite géographie de la France.* 1 vol. gr. in-18 de 36 pages, broché. 15 c.

Le cartonnage se paye en sus 5 c.

Cortambert : *Petite géographie illustrée de la France,* à l'usage des écoles primaires ; 4e édit. 1 vol. in-18, avec 75 vignettes et une carte, cartonné en percaline gaufrée. 80 c.

— *Notions élémentaires de géographie générale et notions sur la géographie physique de la France et de la Terre Sainte* (classe préparatoire du cours d'enseignement secondaire), 1 vol. in-12, avec vignettes, cart. 80 c.
Atlas correspondant (9 cartes). 1 vol. in-8, cartonné. 1 fr. 50

— *Géographie élémentaire de la France* (classe de Septième du cours d'enseignement secondaire). 1 vol. in-12, avec vignettes, cartonné. 1 fr. 20
Atlas correspondant (15 cartes). 1 vol. in-8, cartonné. 2 fr. 50

— *Géographie de la France* (classe de Quatrième du cours d'enseignement secondaire). 1 vol. in-12, avec vignettes, cartonné. 1 fr. 50
Atlas correspondant (23 cartes). 1 vol. in-8, cartonné. 3 fr. 50

— *Géographie de la France et de ses colonies* (classe de Rhétorique du cours d'enseignement secondaire). 1 vol. in-12, avec vignettes, cart. 3 fr.
Atlas correspondant (30 cartes). 1 vol. in-8, cartonné. 4 fr.

— *Géographie élémentaire de la France* (année préparatoire du cours d'enseignement spécial). 1 vol. in-12, cartonné. 90 c.
Atlas correspondant (12 cartes). 1 vol. in-8, cartonné. 2 fr. 50

— *Géographie agricole, industrielle, commerciale et administrative de la France et de ses colonies* (deuxième année du cours d'enseignement spécial). 1 vol. in-12, cartonné. 2 fr.
Atlas correspondant (22 cartes). 1 vol. in-8, cartonné. 4 fr.

Heuzé, adjoint à l'inspection générale de l'agriculture : *La France agricole,* notions générales sur le sol, le climat, les engrais, les instruments, les cultures, les plantes, les assolements, les animaux, les agriculteurs célèbres, les concours et les fermes-écoles des différentes régions agricoles de la France.

Chaque région forme un volume, in-12, avec de nombreuses figures dans le texte et se vend séparément :

Région du sud : Pyrénées-Orientales, Aude, Hérault, Gard, Ardèche, Drôme, Vaucluse, Basses-Alpes, Bouches-du-Rhône, Var, Alpes-Maritimes. 1 vol., cartonné. 1 fr. 25

Région du sud-ouest : Ariége, Haute-Garonne, Hautes-Pyrénées, Basses-Pyrénées, Landes, Gers, Tarn-et-Garonne, Tarn, Lot, Lot-et-Garonne, Dordogne, Charente, Charente-Inférieure, Gironde. 1 vol., cartonné. 1 fr. 25

Région de l'ouest : Vendée, Loire-Inférieure, Côtes-du-Nord, Ille-et-Vilaine, Mayenne, Morbihan, Finistère, Maine-et-Loire, Deux-Sèvres, Vienne. 1 vol., cartonné. 1 fr. 25

— *Carte murale de la France agricole.* Voir page 25.

Joanne (Adolphe) : *Dictionnaire géographique, administratif, postal, statistique et archéologique de la France, de l'Algérie et des colonies :* 1 fort volume grand in-8, br. 25 fr.

— *Petit Dictionnaire géographique de la France;* ouvrage abrégé du précédent; 2e édit. 1 vol. in-18 (sous presse). Voir *Dictionnaires géographiques*, page 3.

— *Atlas de la France*, contenant 95 cartes tirées en quatre couleurs (1 carte générale de la France, 89 cartes départementales, 1 carte de l'Algérie, 4 cartes des colonies) et 94 notices géographiques, 1 vol. in-folio, cartonné.   40 fr.

Chaque carte séparément,   50 c.

— *Géographie des départements de la France*, contenant la liste complète des communes du département et un dictionnaire alphabétique des localités les plus remarquables.

Chaque département forme un volume in-12 cartonné, contenant des vignettes intercalées dans le texte, une carte en couleurs, et se vend séparément 1 fr.

En vente :

Aisne; Allier; Aube; Basses-Alpes; Bouches-du-Rhône; Cantal; Charente; Corrèze; Côte-d'Or; Deux-Sèvres; Doubs; Gironde; Haute-Saône; Indre-et-Loire; Isère; Jura; Landes; Loire; Loire-Inférieure; Loiret; Maine-et-Loire; Meurthe; Nord; Oise; Pas-de-Calais; Puy-de-Dôme; Rhône; Saône-et-Loire; Seine-Inférieure; Seine-et-Oise; Somme; Vienne.

En préparation :

Ain; Charente-Inférieure; Côtes-du-Nord; Dordogne; Finistère; Ille-et-Vilaine; Vosges.

— *Itinéraire général de la France*, 11 vol. :

Paris illustré; 3e édit. 1 vol in-18 jésus de 1191 pages, avec 442 vignettes et 15 plans, cartonné. 12 fr.

Environs de Paris illustrés; 2e édit. 1 vol. in-18 jésus de 722 pages, avec 245 vignettes, 4 cartes et 4 plans, cartonné.   9 fr.

Le Jura et les Alpes françaises. 1 volume in-18 jésus de 1144 pages, avec 21 cartes, 4 plans et 2 panoramas, cartonné.   15 fr.

Provence, Alpes maritimes, Corse. 1 vol. in-18 jésus de 626 pages, avec 15 cartes et 6 plans, cart. 11 fr.

Auvergne, Morvan, Velay, Cévennes; 2e édit. 1 vol in-18 jésus de 548 pages, avec 17 cartes, et 4 plans, cartonné.   10 fr.

De la Loire à la Garonne. 1 vol. in-18 jésus de 782 pages, avec 26 cartes et 10 plans, cartonné.   12 fr.

Pyrénées; 4e édition. 1 vol. in-18 jésus de 787 pages, avec 14 cartes, 1 plan, 8 panoramas et une projection de la chaîne des Pyrénées, cartonné.   12 fr.

Bretagne; 2e édit. 1 vol. in-18 jésus de 672 pages, avec 10 cartes et 7 plans, cartonné.   10 fr.

Normandie; 2e édit., 1 vol. in-18 jésus de 696 pages, avec 7 cartes et 4 plans, cartonné.   10 fr.

Nord. 1 vol. in-18 jésus de 444 pages, avec 7 cartes et 8 plans, cartonné.   8 fr.

Vosges et Ardennes. 1 vol. in-18 jésus de 764 pages, avec 14 cartes et 7 plans, cartonné.   11 fr.

— *France;* 3e édition. 1 vol. in-32, avec 8 cartes, cartonné.   6 fr.

Piesse (L.) : *Itinéraire historique et descriptif de l'Algérie*, comprenant le Tell et le Sahara; 2e édition; 1 vol. in-18 jésus, accompagné d'une carte générale de l'Algérie, d'une carte spéciale de chacune des trois provinces, et d'une carte spéciale de la Mitidja, cart.   12 fr.

Reclus (Élisée) : *La France.* 1 vol. grand in-8 jésus, contenant une grande carte de la France, 10 cartes en couleur, 69 vues et types gravés sur bois et 234 cartes intercalées dans le texte, broché.   30 fr.

Reclus (Onésime) : *Géographie de la France, de l'Algérie et des colonies;* 2e édit. 1 vol. in-12, broché. 3 fr. 50

Richard : *Guide du voyageur en France;* 27e édit., entièrement refondue. 1 vol. in-18 jésus, cart.   12 fr.

VI

OUVRAGES D'ENSEIGNEMENT

§ 1. LIVRES.

Ansart (F.): *Petite géographie moderne*; 36ᵉ édit., revue et corrigée par M. Ansart fils, ancien professeur d'histoire et de géographie. 1 vol. in-18, avec 30 vignettes, cart.   80 c.

Belin de Launay, inspecteur d'académie: *Petite géographie de la France*. 1 vol. grand in-18 de 36 pages, broché.   15 c.

Brouard, inspecteur général de l'enseignement primaire : *Leçons de géographie*, d'après les programmes du département de la Seine.— *Cours élémentaire*.— Livret de l'élève, pouvant servir en même temps de livre de lecture dans les petites classes. 1 vol. in-12, avec vignettes, cartonné. 75 c.
Livre du maître, pouvant en outre servir de livre de lecture dans les classes moyennes et supérieures. 1 vol. in-12, cartonné.   1 fr. 50
Cours moyen (sous presse).
Cours supérieur Préparation au certificat d'études, aux examens d'élèves-maîtres et d'élèves-maîtresses, d'entrée aux écoles normales, etc. 1 vol. in-12, cart.   1 fr. 20

Cortambert : *Petite géographie illustrée du premier âge*, à l'usage des écoles et des familles ; 4ᵉ édit. 1 vol. in-18, avec 88 vignettes ou cartes, cartonné en percaline gaufrée. 80 c.
— *Petite géographie illustrée de la France*, à l'usage des écoles primaires ; 4ᵉ édit. 1 vol. in-18, avec 75 vignettes et une carte, cartonné en percaline gaufrée.   80 c.
— *Petite géographie*, à l'usage des écoles primaires ; 10ᵉ édit. 1 vol. in-18, avec 24 vignettes, cartonné.   60 c.
— *Petit cours de géographie moderne*, avec un appendice pour la géographie de l'histoire sainte ; 18ᵉ édit., 1 volume in-12, avec 63 vignettes, cartonné.   1 fr. 50

— *Le globe illustré*, géographie générale, à l'usage des écoles et des familles ; 4ᵉ édition. 1 vol. in-4, avec 130 vignettes, 16 cartes tirées en couleur, cartonné.   4 fr.

— *Petite géographie générale*. 1 vol. grand in-18 de 36 pages, br.   15 c.

— NOUVEAU COURS COMPLET DE GÉOGRAPHIE, rédigé conformément aux programmes de 1874, à l'usage des lycées et des collèges. 12 vol. in-12, cartonnés, avec gravures dans le texte, accompagnés d'atlas correspondant aux matières enseignées dans chaque classe :

Notions élémentaires de géographie générale et notions sur la géographie physique de la France et de la Terre Sainte (classe préparatoire). 1 vol.   80 c.

Géographie élémentaire des cinq parties du monde (classe de Huitième). 1 vol.   80 c.

Géographie élémentaire de la France (classe de Septième). 1 vol. 1 fr. 20

Géographie générale de l'Asie, de l'Afrique, de l'Amérique et de l'Océanie (classe de Sixième). 1 volume.   1 fr. 50

Géographie générale physique et politique de l'Europe, moins la France (classe de Cinquième). 1 vol. 1 fr. 50

Géographie de la France (classe de Quatrième). 1 vol.   1 fr. 50

Géographie de l'Europe (classe de Troisième). 1 vol.   2 fr.

Description particulière de l'Asie, de l'Afrique, de l'Amérique et de l'Océanie, précédée d'un résumé de géographie générale (classe de Seconde). 1 vol.   3 fr.

Géographie de la France et de ses colonies, précédée de notions générales de géographie (classe de Rhétorique). 1 vol.   3 fr.

Résumé de géographie générale, offrant particulièrement les changements territoriaux survenus depuis 1848 (classe de Philosophie). 1 volume. 2 fr.

Éléments de géographie générale (classe de mathématiques préparatoires). 1 vol. 1 fr. 50

Géographie générale (classe de mathématiques élémentaires). 1 volume. 5 fr.

Voir pour les atlas, page 19.

— COURS DE GÉOGRAPHIE, rédigé conformément aux programmes de l'enseignement spécial. 4 vol. in-12, cartonnés, accompagnés de pareil nombre d'atlas format in-8º :

Géographie élémentaire de la France (année préparatoire). 1 vol. 90 c.

Géographie des cinq parties du monde (1re année). 1 vol. 1 fr. 50

Géographie agricole, industrielle, commerciale et administrative de la France et de ses colonies (2e année). 1 vol. 2 fr.

Géographie commerciale des cinq parties du monde (3e année). 1 volume. 3 fr.

Voir pour les *atlas*, page 19.

— *Cours de géographie*, comprenant la description physique et politique, et la géographie historique des diverses contrées du globe; 12e édition, illustrée de nombreuses vignettes. 1 vol. in-12, cartonné. 4 fr.

Erhard : *Géographie* accompagnée de 11 cartes, in-12 oblong, cart. 1 fr. 25

Fillias : *Géographie de l'Algérie*. 1 vol. in-12, avec une carte, cart. 1 fr. 25

Joanne (Adolphe) : *Géographie des départements de la France*, avec la liste complète des communes du département et un dictionnaire alphabétique des localités les plus remarquables :

Chaque département forme un volume in-12 cartonné, contenant des vignettes intercalées dans le texte, une carte en couleurs, et se vend séparément 1 fr.

En vente :

Aisne; Allier; Aube; Basses-Alpes; Bouches-du-Rhône; Cantal; Charente; Corrèze; Côte-d'Or; Deux-Sèvres; Doubs; Gironde; Haute-Saône; Indre-et-Loire; Isère; Jura; Landes; Loire; Loire-Infé-

rieure; Loiret; Maine-et-Loire; Meurthe; Nord; Oise; Pas-de-Calais; Puy-de-Dôme; Rhône; Saône-et-Loire; Seine-Inférieure; Seine-et-Oise; Somme; Vienne.

En préparation :

Ain; Charente-Inférieure; Côtes-du-Nord; Dordogne; Finistère; Ille-et-Vilaine; Haute-Vienne; Vosges.

Meissas et Michelot : *Petite géographie méthodique*, à l'usage des jeunes enfants. 1 vol. in-18, cartonné. 60 c.

— *Géographie sacrée*, avec un plan de Jérusalem; 6e édit. 1 vol. in-18, cartonné. 1 fr. 25

— *Tableaux de géographie*, 28 tableaux de 49 cent. de hauteur sur 34 cent. de largeur. 3 fr.

— *Manuel de géographie*, reproduisant les tableaux. In-18, cartonné. 75 c.

— *Géographie ancienne*, comparée avec la géographie moderne; 5e édit. 1 vol. in-12, cartonné. 2 fr. 50

— *Petite géographie ancienne*, comparée avec la géographie moderne; 7e édit. 1 vol. in-18, cartonné. 1 fr.

— *Nouvelle géographie méthodique*, suivie d'un petit traité sur la construction des cartes; 56e édit. 1 vol. in-12, cartonné. 2 fr. 50

Pape-Carpantier (Mme) : *Premières notions de géographie et d'histoire naturelle* (Cours d'éducation et d'instruction primaire; 1re année préparatoire). 1 vol. in-18, cartonné. 75 c.

— *Géographie; premières notions sur quelques phénomènes naturels* (2e année préparatoire). 1 vol. in-18, cartonné. 75 c.

— *Premiers éléments de cosmographie; géographie* (période élémentaire). 1 vol. in-18, cartonné. 1 fr. 50

Reclus (Élisée) : *Nouvelle géographie universelle*. (Voir page 28.)

Reclus (Onésime) : *Géographie générale* (Europe; — Asie; — Océanie; — Afrique; — Amérique; — France et ses colonies); 3e édit. 2 vol. in-12, (sous presse).

— *Géographie de la France, de l'Algérie et des colonies*; 2e édit. 1 vol. in-12, br. 3 fr. 50

Sardou : *Abrégé de géographie commerciale et industrielle*; 5e édit. 1 vol. in-12, broché. 4 fr.

§ 2. ATLAS.

Bouillet : *Atlas universel d'histoire et de géographie.* Ouvrage servant de complément au *Dictionnaire d'histoire et de géographie* du même auteur, et comprenant : 1. LA CHRONOLOGIE : la concordance des principales ères avec les années avant et après Jésus-Christ, et des tables chronologiques universelles ; 2. LA GÉNÉALOGIE : des tableaux généalogiques des dieux et de toutes les familles historiques, et un traité élémentaire de l'art héraldique, qui comprend 12 planches coloriées ; 3. LA GÉOGRAPHIE : 88 cartes de géographie ancienne et moderne, avec un texte explicatif indiquant les ressources et les divisions de chaque pays ; nouvelle édition. 1 vol. grand in-8, broché.   30 fr.

Le cartonnage en percaline gaufrée se paye en sus 3 fr. 25 c. ; la demi-reliure en chagrin, 5 fr.

Le même ouvrage, sans les 12 planches de l'art héraldique, br. 21 fr.

Le cartonnage en percaline gaufrée se paye en sus 2 fr. 75 c. ; la demi-reliure en chagrin, 4 fr. 50 c.

Cortambert : *Petit atlas primaire,* composé de 15 cartes tirées en couleurs. Petit in-8, broché.   50 c.

— *Petit atlas élémentaire de géographie moderne,* à l'usage des écoles et des familles, composé de 22 cartes tirées en couleurs : 1. Planisphère ; 2. Europe physique ; 3. Europe politique ; 4. France physique ; 5. Chemins de fer de la France ; 6. France politique ; 7. France par provinces ; 8. France agricole ; 9. France industrielle et commerciale ; 10. Algérie ; 11. Colonies françaises ; 12. Îles Britanniques ; 13. Espagne et Portugal ; 14. Belgique et Pays-Bas ; 15. Europe centrale et Allemagne ; 16. Italie, Turquie, Grèce ; 17. Asie ; 18. Afrique ; 19. Amérique du Nord ; 20. Amérique du Sud ; 21. Océanie ; 22. Carte de l'histoire sainte. 1 vol. in-4, broché.   90 c.

Ouvrage adopté pour les écoles communales de la ville de Paris.

Le même ouvrage, accompagné d'un texte explicatif en regard de chaque carte. 1 vol. in-4, cart.   1 fr. 10

L'Atlas, sans texte, suivi d'une carte du département demandé. 1 fr. 15

L'Atlas, avec texte, suivi d'une carte du département demandé. 1 fr. 35

— *Petit atlas géographique du premier âge,* contenant 9 cartes coloriées : 1. Notions cosmographiques et géographiques ; 2. Mappemonde ; 3. Europe ; 4. Asie ; 5. Afrique ; 6. Amérique ; 7. Océanie ; 8. France physique ; 9. France par départements ; et précédé d'un texte explicatif. 1 vol. grand in-18, cartonné.   80 c.

— *Petit atlas de géographie moderne,* contenant 20 cartes, grand in-8°, imprimées en couleurs, savoir : 1. Cosmographie ; 2. Mappemonde et Termes géographiques ; 3. Planisphère ; 4. Europe physique ; 5. Europe politique ; 6. Asie physique et politique ; 7. Afrique physique et politique ; 8. Amérique méridionale et septentrionale ; 9. Océanie ; 10. France physique ; 11. France par anciennes provinces comparées aux départements actuels ; 12. France par départements ; 13. France : Versant de la mer du Nord ; 14. Versant de la Manche ; 15. Versant de la mer de France ; 16. Versant de la Méditerranée ; 17. Algérie ; 18. Colonies ; 19. Carte des chemins de fer de la France, de l'Allemagne et des pays limitrophes ; 20. France géologique. Grand in-8, cartonné.   2 fr. 50

Chaque carte séparément.   15 c.

— ATLAS A L'USAGE DES CLASSES DE GRAMMAIRE ET D'HUMANITÉS.

Atlas (petit) *de géographie ancienne,* composé de 16 cartes. 1 vol. grand in-8, cartonné.   2 fr. 50

Atlas (petit) *de géographie du moyen âge,* composé de 15 cartes. 1 vol. grand in-8, cartonné.   2 fr. 50

Atlas (petit) *de géographie moderne,* composé de 20 cartes. 1 vol. grand in-8, cartonné.   2 fr. 50

Atlas (petit) *de géographie ancienne et moderne,* composé de 36 cartes. 1 vol. grand in-18, cartonné.   5 fr.

Atlas (petit) *de géographie ancienne, du moyen âge et moderne,* composé de 51 cartes. 1 vol. grand in-8, cartonné.   7 fr. 50

Atlas (nouvel) *de géographie moderne,* contenant 66 cartes. 1 vol. in-4, cartonné. **10 fr.**

Atlas complet de géographie, contenant en 98 cartes la géographie ancienne, la géographie du moyen âge, la cosmographie et la géographie moderne. 1 vol. grand in-4, cartonné. **15 fr.**

Chaque carte séparément. **15 c.**

— ATLAS DRESSÉS CONFORMÉMENT AUX PROGRAMMES DE L'ENSEIGNEMENT SECONDAIRE CLASSIQUE, format in-8, cartonnés :

Chaque carte séparément. **15 c.**

Classe Préparatoire (9 cartes). 1 vol. **1 fr. 50**
Classe de Huitième (10 cartes). 1 vol. **1 fr. 50**
Classe de Septième (15 cartes). 1 vol. **2 fr. 50**
Classe de Sixième (27 cartes). 1 vol. **4 fr.**
Classe de Cinquième (20 cartes). 1 vol. **3 fr.**
Classe de Quatrième (23 cartes). 1 vol. **3 fr.**
Classe de Troisième (20 cartes). 1 vol. **3 fr. 50**
Classe de Seconde (29 cartes). 1 vol. **4 fr.**
Classe de Rhétorique (30 cartes). 1 vol. **4 fr. 50**
Classes de Philosophie, de Mathématiques préparatoires et élémentaires (66 cartes). 1 vol. in-4°. **10 fr.**

— ATLAS DRESSÉS CONFORMÉMENT AUX PROGRAMMES DE L'ENSEIGNEMENT SECONDAIRE SPÉCIAL, format in-8, cartonnés :

Année préparatoire (12 cartes). 1 vol. **2 fr. 50**
Première année (37 cartes). 1 volume. **6 fr.**
Deuxième année (22 cartes). 1 volume. **4 fr.**

Dubail et **Guèze** : *Cartes-croquis de géographie militaire,* dressées d'après les programmes de l'Ecole militaire; à l'usage des sous-officiers de l'armée. 1 vol. in-4° composé de 16 cartes, avec texte. **5 fr.**

Henry (Gervais), instituteur primaire à Paris : *Cartographie de l'enseigne-*

ment, méthode pour apprendre la géographie de la France à l'aide de nouvelles cartes muettes à écrire :

1° Cartes des bassins physiques, format quart grand jésus : 1. Bassin du Rhin ; 2. Bassin de la Seine ; 3. Bassin de la Loire ; 4. Bassin de la Garonne ; 5. Bassin du Rhône. Prix de chaque carte : en noir, 6 centimes; coloriée, 10 centimes.
2° Carte d'ensemble des bassins physiques, format grand raisin : en noir, 30 cent.; coloriée, 35 cents.
3° Cartes des bassins politiques, format quart jésus ; comprenant les bassins du Rhin, de la Seine, de la Loire, de la Garonne et du Rhône. 5 cartes. Chaque carte en bistre, 6 centimes ; coloriée, 10 cents.
4° Carte d'ensemble des bassins politiques, format grand raisin : en noir, 30 centimes ; coloriée, 35 centimes.
5° France physique écrite ; France politique écrite ; chaque carte, format grand raisin, coloriée, 60 centimes.
Ouvrage adopté pour les écoles communales de la ville de Paris.

Joanne (A.) : *Atlas de la France,* contenant 95 cartes (1 carte générale de la France, 89 cartes départementales, 1 carte de l'Algérie et 4 cartes des Colonies) tirées en 4 couleurs, et 94 notices géographiques et statistiques; nouvelle édition, revue et complétée. 1 beau vol. in-folio, cart. **40 fr.**

Chaque carte séparément. **50 c.**

Meissas et **Michelot** : *Atlas.*

Ces atlas sont autorisés par le Conseil de l'instruction publique.

PETITS ATLAS FORMAT IN-OCTAVO.

A. *Atlas* (petit) *élémentaire de géographie moderne,* composé de 8 cartes écrites. **2 fr. 50**
B. *Le même,* avec 8 cartes muettes (16 cartes). **3 fr. 50**
C. *Atlas* (petit) *universel de géographie moderne,* composé de 17 cartes écrites. **5 fr.**
D. *Le même,* avec 8 cartes muettes (25 cartes). **6 fr.**
E. *Atlas* (petit) *de géographie ancienne et moderne,* composé de 36 cartes écrites, sur 30 planches. **9 fr.**
F. *Le même,* avec 8 cartes muettes (44 cartes). **10 fr.**
G. *Atlas* (petit) *universel de géographie ancienne, du moyen âge et moderne, et de géographie sacrée,* composée de 54 cartes écrites. **14 fr.**

H. *Le même,* avec 8 cartes muettes (62 cartes). 15 fr.

Atlas (petit) *de géographie ancienne,* composé de 19 cartes écrites, sur 14 planches. 5 fr.

Atlas (petit) *de géographie du moyen âge* et *des principales époques des temps modernes,* pour servir à l'histoire de l'Europe depuis l'invasion des Barbares jusqu'à nos jours. 10 cartes écrites, précédées de notices historiques. 4 fr. 50

Atlas de géographie sacrée. 8 cartes écrites, sur 6 planches. 2 fr.

Chacune des cartes écrites séparément. 35 c.

GRANDS ATLAS FORMAT IN-FOLIO.

A. *Atlas élémentaire pour la nouvelle géographie méthodique,* composé de 8 cartes écrites. 6 fr.

B. *Le même,* avec 8 cartes muettes (16 cartes). 11 fr. 50

C. *Atlas universel pour la nouvelle géographie méthodique,* composé de 12 cartes écrites. 10 fr. 50

D. *Le même,* avec 8 cartes muettes (20 cartes). 15 fr.

E. *Atlas universel pour la nouvelle géographie méthodique,* composé de 19 cartes écrites. 15 fr.

F. *Le même,* avec 8 cartes muettes (27 cartes). 21 fr.

Chaque carte séparément. 1 fr.

CARTES MUETTES FORMAT IN-FOLIO.

Cartes muettes complètes, non coloriées, pour exercices géographiques sur la Mappemonde, l'Europe, l'Europe centrale, l'Asie, l'Afrique, l'Amérique, l'Océanie et la France.

Chaque carte séparément, 20 c.

§ 3. CARTES MURALES.

1. GRANDES CARTES MURALES

Par MM. *Meissas* et *Michelot.*

Chaque carte est coloriée et accompagnée d'un questionnaire qui est donné gratuitement aux acquéreurs de la carte à laquelle il se réfère. Chaque questionnaire se vend en outre séparément, 30 c.

Les cartes en 16 feuilles ont 1 mètre 80 centimètres de hauteur sur 2 mètres 30 centimètres de largeur. Celles en 20 feuilles ont 1 mètre 80 centimètres de hauteur sur 2 mètres 80 centimètres de largeur.

Le collage sur toile avec gorge et rouleau se paye en sus : 1° pour les cartes en 16 feuilles, 12 fr.; 2° pour les cartes en 20 feuilles, 14 fr.

Géographie ancienne.

Empire romain écrit. 16 feuilles, 10 fr.

Italie et Grèce anciennes écrites. 16 feuilles, 10 fr.

Géographie moderne.

Afrique écrite, 16 feuilles, 10 fr.

Amériques septentrionale et méridionale écrites. 20 feuilles, 12 fr.

L'Amérique septentrionale, séparément, 12 feuilles, 8 fr.

L'Amérique méridionale, séparément, 8 feuilles, 6 fr.

Asie écrite. 16 feuilles, 10 fr.

Europe écrite. 16 feuilles, 9 fr.

Europe muette. 16 feuilles, 7 fr. 50

France écrite par départements, *Belgique et Suisse,* autorisée par l'Université. Nouvelle édition, où l'on a ajouté dans deux cartouches la division de la France en bassins et la division en gouvernements avant 1789. 16 feuilles, 9 fr.

Mappemonde écrite. 20 feuilles, 12 fr.

Mappemonde muette. 20 feuilles, 10 fr.

2. NOUVELLES GRANDES CARTES MURALES

Par MM. *Achille* et *Gaston Meissas.*

Ces nouvelles cartes imprimées en couleurs sur 12 feuilles jésus indiquent le relief du terrain. Elles mesurent 2 mètres de hauteur sur 2 mètres 10 de largeur.

Le collage sur toile avec gorge et rouleau se paye en sus, 12 fr.

Europe muette ou *écrite.* 15 fr.

France muette ou *écrite.* 15 fr.

3. PETITES CARTES MURALES ÉCRITES

Par M. *Achille Meissas.*

La *France,* l'*Europe,* l'*Asie,* l'*Afrique* et la *Palestine* ont 1 mètre de hauteur sur 1 mètre 30 centimètres de largeur; la *Mappemonde* a 1 mètre 10 centimètres de hauteur sur 1 mètre 70 centimètres de largeur; l'*Amérique* a 1 mètre de hauteur sur 1 mètre 95 centimètres de largeur. Ces cartes sont coloriées.

Le collage sur toile avec gorge et rouleau se

paye en sus : 1° pour la *France*, l'*Europe*, l'*Asie*, l'*Afrique* et la *Palestine*, 5 fr.; 2° pour la *Mappemonde* et l'*Amérique*, 7 fr.

Afrique. 4 feuilles jésus,   5 fr.

Amériques septentrionale et méridionale. 6 feuilles jésus,   6 fr.

Asie. 4 feuilles jésus,   5 fr.

France par départements, *Belgique et Suisse*. 4 feuilles jésus,   4 fr. 50

Europe. 4 feuilles jésus,   4 fr. 50

Mappemonde. 8 feuilles grand raisin,   6 fr.

Palestine. 4 feuilles jésus,   6 fr.

4. GRANDES CARTES MURALES

Par *M. Erhard.*

(M. Erhard a obtenu une médaille de 1re classe à l'Exposition du Congrès géographique tenu à Paris en 1875).

Ces cartes sont imprimées en couleurs sur 4 feuilles grand-monde, avec teintes graduées, et ont 1 mètre 60 centimètres de hauteur sur 1 mètre 78 de largeur. Elles indiquent par des teintes graduées le relief du sol et rendent facile l'étude de la géographie physique. Le collage sur toile avec gorge et rouleau se paye en sus, 12 fr.

France muette ou *écrite*, d'après la carte oro-hydrographique, publiée sous les auspices du ministère de l'instruction publique, par la Commission de la topographie des Gaules,   20 fr.

Europe muette ou *écrite*, sous presse.

Amérique du Nord muette ou *écrite* en préparation.

5. PETITES CARTES MURALES

par *M. Ehrard.*

Ces cartes sont imprimées en couleurs avec teintes graduées et ont 90 centimètres de haut sur 1 mètre de large.

France muette ou *écrite*, réduction de la grande carte murale, du même auteur.   6 fr.

Le montage sur deux baguettes ainsi que l'étui en carton destiné à recevoir la carte se paye en sus, 3 fr.

Le collage sur toile avec gorge et rouleau se paye en sus, 4 fr.

Europe muette ou *écrite*, imprimée sur un seul morceau de toile et montée sur gorge et rouleau.   8 fr.

6. PETITES CARTES MURALES ÉCRITES

Par *M. E. Cortambert.*

Ces nouvelles cartes sont imprimées en couleurs sur un seul morceau de toile de 95 cent. de hauteur sur 1 mètre 20 cent. de largeur, et ne se vendent que montées sur gorge et rouleau. Prix de chaque carte.   7 fr.

Europe, France, Palestine (en vente). *Asie, Afrique, Amérique du Sud, Amérique du Nord, Océanie, Planisphère* (en préparation).

7. CARTES MURALES MUETTES SUR TOILE NOIRE ARDOISÉE

Par MM. *A. Meissas* et *Suzanne.*

Ces cartes sont destinées à servir de cadre et de base aux démonstrations et tracés du professeur ou aux exercices qu'il fera faire par ses élèves sous ses yeux.

Les cartes de M. A. Meissas ont 1 mètre 10 centimètres de hauteur sur 1 mètre 70 centimètres de largeur.

La carte de M. Suzanne a 1 mètre 70 de hauteur sur 1 mètre 80 de largeur. Ces cartes se vendent montées sur gorge et rouleau :

France, par A. Meissas.   20 fr.

Europe, par A. Meissas.   20 fr.

France, par Suzanne.   35 fr.

8. CARTE MURALE HYPSOMÉTRIQUE DE LA FRANCE.

Par le *capitaine Prudent.*

Une feuille de 95 centimètres de hauteur sur 1 mètre 20 cent. de largeur. Paraîtra en août 1877.

9. CARTE MURALE HYPSOMÉTRIQUE DE LA FRANCE.

Suivant la réforme géographique, par M. Wacquez-Lalo, avec la collaboration de MM. *Élisée* et *Onésime Reclus.* Paraîtra en août 1877.

10. CARTE MURALE DE LA FRANCE AGRICOLE

par M. *G. Heuzé.*

Imprimée en couleurs sur quatre feuilles, ayant ensemble 1 mètre 10 centimètres de hauteur sur 1m.45 de largeur.   6 fr.

Le collage sur toile avec gorge et rouleau se paye en sus, 7 fr.

11. CARTE ROUTIÈRE ET ADMINISTRATIVE DU DÉPARTEMENT DU TARN

Dressée sous l'administration de M. Paul Lauras, préfet. 4 feuilles colombier tirées en couleurs, mesurant ensemble 1 mètre 20 centimètres de hauteur sur 1 mètre 65 centim. de largeur.   15 fr.

VII

PUBLICATIONS PÉRIODIQUES

ATLAS UNIVERSEL

DE GÉOGRAPHIE

ANCIENNE, MODERNE ET DU MOYEN AGE

CONSTRUIT D'APRÈS LES SOURCES ORIGINALES ET LES DOCUMENTS ACTUELS, VOYAGES,
MÉMOIRES, TRAVAUX GÉODÉSIQUES, CARTES PARTICULIÈRES ET OFFICIELLES

AVEC UN TEXTE ANALYTIQUE

PAR M. VIVIEN DE SAINT-MARTIN

Président honoraire de la Société de géographie de Paris.

Environ 110 cartes in-folio

GRAVÉES SUR CUIVRE PAR NOS MEILLEURS ARTISTES SOUS LA DIRECTION DE M. Ét. COLLIN

EXTRAIT DE LA PRÉFACE

L'Atlas universel de géographie se divise en trois grandes parties auxquelles se rapportent trois catégories différentes de documents :

1º Les divers Etats de l'Europe (sauf la Turquie, que l'on peut considérer, sous tous les rapports, comme un État extra-européen) et plusieurs contrées étrangères où la civilisation et la science européennes ont pénétré, possèdent aujourd'hui leurs grandes cartes topographiques levées par les procédés savants de la géodésie, et nous donnant l'image exacte du pays jusque dans ses moindres détails. C'est d'après ces grandes cartes officielles, ou d'après leur réduction immédiate à une échelle chorographique, que nos cartes de l'Europe ont été construites. Cette première division de l'Atlas, qui en est la section particulièrement importante au point de vue de la géographie politique et économique, comme au point de vue de la science positive, comprend trente-cinq feuilles ; elle forme le tiers de l'Atlas.

2º Les contrées en dehors de l'Europe, c'est-à-dire l'Asie, sauf l'Inde et quelques autres cantons ; l'Amérique moins les États-Unis et le Chili ; l'Afrique, moins l'Egypte et l'Algérie ; l'Australie, moins les colonies de l'Est. Toutes ces contrées ne nous sont connues que par les descriptions, les cartes partielles, les itinéraires des voyageurs, rattachés à un plus ou moins grand nombre de déterminations astronomiques, et aussi par un certain nombre de documents nationaux.

3° La géographie historique forme une troisième division tout à fait distincte. Des médailles et des inscriptions nouvellement découvertes ont apporté à la géographie classique un grand nombre de noms nouveaux, ou fixé la véritable forme et l'application de bien des noms déjà connus, en même temps que les cartes actuelles, plus précises et plus détaillées, donnent une base plus certaine aux identifications. Des découvertes que la science ne soupçonnait pas avant le siècle actuel, le déchiffrement des inscriptions pharaoniques, les inscriptions cunéiformes de la dynastie akhéménide, les textes sanscrits de l'antiquité brahmanique, ont fourni des éléments tout nouveaux à la géographie aussi bien qu'à l'histoire des temps antiques. Un nombre infini de travaux partiels, répandus dans les mémoires des sociétés savantes, dans des ouvrages spéciaux, dans les recueils épigraphiques ou numismatiques, ont fixé une foule de points ignorés ou douteux, sans parler des travaux considérables dont certaines régions du monde grec et romain ont été l'objet, la Gaule, notamment, l'Italie et la Grèce.

C'est un devoir pour nous de payer un juste tribut à M. Étienne Collin, l'artiste éminent qui depuis l'origine exécute ou dirige la gravure de ces cartes. Je n'ai pas à craindre, en exaltant la beauté de son travail, d'être démenti par quiconque aura vu quelques-unes de nos épreuves ; il en est, j'ose le dire, qui sont de véritables chefs-d'œuvre. Je noterai la Suisse, qui a paru déjà dans plusieurs grandes expositions ; notre France en quatre feuilles, l'Europe centrale également en quatre feuilles, etc., etc. ; — il faudrait tout citer. On peut affirmer que jamais la gravure topographique, à l'échelle d'un Atlas usuel, ne s'était élevée à cette perfection artistique.

Mode et conditions de la publication.

L'Atlas universel de géographie ancienne, moderne et du moyen âge sera publié par livraisons. Chaque livraison contiendra trois cartes accompagnées de notices sur les documents qui auront servi à leur construction et se vendra 6 francs.

Il paraîtra au moins trois livraisons par an à partir du 1er février 1877.

Le prix de chaque carte prise séparément variera selon l'importance des frais de fabrication — Ce prix, en aucun cas, ne sera inférieur à 2 fr. 50.

La première livraison **qui est en vente** comprend : une carte du ciel, la carte de la Turquie d'Europe et la carte de la région Arctique. Le prix de chacune de ces cartes séparément est de 2 fr. 50.

NOUVEAU DICTIONNAIRE

DE

GÉOGRAPHIE UNIVERSELLE

CONTENANT

1° LA GÉOGRAPHIE PHYSIQUE :

Description des grandes régions naturelles, des bassins maritimes et continentaux, des plateaux, des chaînes de montagnes, des fleuves, des lacs, de tous les accidents terrestres ;

2° LA GÉOGRAPHIE POLITIQUE :

Description circonstanciée de tous les États et de toutes les contrées du globe ; tableau de leurs provinces et de leurs subdivisions ; descriptions des villes et en particulier de toutes les villes de l'Europe ; vaste nomenclature de tous les bourgs, villages et localités notables du monde ; population d'après les dernières données officielles ; forces militaires ; finances, etc., etc.;

3° LA GÉOGRAPHIE ÉCONOMIQUE :

Indication des productions naturelles de chaque pays, de l'industrie agricole et manufacturière, du mouvement commercial, de la navigation, etc.;

4° L'ETHNOLOGIE :

Description physique des races ; nomenclature descriptive des tribus incultes ; études sur les migrations des peuples, la distribution des races et la formation des nations ;

5° LA GÉOGRAPHIE HISTORIQUE :

Histoire territoriale des États et de leurs provinces ; description archéologique des villes et de toutes les localités notables ;

6° LA BIBLIOGRAPHIE :

Indication des sources générales et particulières, historiques et descriptives ;

PAR

M. VIVIEN DE SAINT-MARTIN

Président honoraire de la Société de géographie de Paris.

EXTRAIT DE LA PRÉFACE

Le Nouveau Dictionnaire de Géographie universelle était attendu depuis longtemps. Son apparition sera saluée, dans le monde des sciences, comme un véritable événement. Cette œuvre dont on comprendra l'importance quand nous dirons qu'elle égalera en volume le Dictionnaire de la langue française de Littré, va combler une lacune qu'apprécieront tous ceux qui se sont occupés de géographie. Qu'on ne croie pas que ce soit là cependant un ouvrage uniquement destiné aux savants. Le nouveau Dictionnaire est une véritable encyclopédie géographique, ethnologique et statistique ; chacun de ses articles, dans son élégante concision, est le résumé de toutes les découvertes et de toutes les connaissances modernes; on le lit avec un intérêt soutenu d'un bout à l'autre. Il nous suffira d'analyser le plan de l'ouvrage pour montrer que cette belle encyclopédie deviendra le complément indispensable de toutes les bibliothèques.

Le Nouveau Dictionnaire de Géographie universelle comprend :

La géographie détaillée de l'Europe, sous tous les rapports qui intéressent la statistique générale, particulièrement au point de vue politique, l'industrie, le commerce, les phénomènes physiques, les curiosités naturelles, et aussi les souvenirs historiques et archéologiques de toutes les époques ;

La description des contrées étrangères puisée aux sources originales, y compris les résultats de toutes les explorations contemporaines, jusqu'aux plus récentes, avec cette restriction, toutefois, que la pensée constante est de n'admettre que les faits bien constatés. Ainsi, les trois coordonnées géographiques, la latitude, la longitude et l'altitude, seront marquées pour tous les lieux notables où des observations directes les ont déterminées, en indiquant, autant que possible, le nom de l'observateur et la nature de l'observation.

Comme distribution et proportion des matières, on peut dire que les trois cinquièmes du Dictionnaire sont occupés par l'Europe, et les deux autres cinquièmes par les pays en dehors de l'Europe.

L'auteur n'a eu garde d'omettre les anciennes provinces de la France et leurs nombreux *pays*. Pour bien des parties du territoire, cette géographie locale des *pagi*, qui a ses racines au plus profond de notre histoire, est toujours en effet la géographie réelle et vivante, sous la froide nomenclature des divisions purement administratives.

Le nouveau Dictionnaire renferme deux des plus précieux éléments de la science géographique qui avaient été jusqu'ici très-négligés ou tout à fait omis dans tous les Dictionnaires antérieurs : ce sont l'*histoire géographique* et l'*ethnologie*. Pour nos Pays d'Europe, la géographie historique suit pas à pas le mouvement des races, la constitution des territoires, la formation et les mutations politiques des États. En dehors de l'Europe, elle expose la marche des explorations et le développement des études qui s'y rattachent ; elle dit ce que chaque époque et chaque explorateur ont ajouté, pour un pays donné, à l'étendue des notions acquises ou à leur précision. De même pour le côté ethnologique de la description du monde. On y a donné non-seulement une notice historique et descriptive des différentes races humaines prises dans leur ensemble, aussi bien que des nations ou des peuples qui ont eu leur rôle historique dans l'histoire ou qui y tiennent actuellement leur place, mais on a aussi relevé partout une nomenclature développée des tribus entre lesquelles se divisent les peuples demi-civilisés. N'est-il pas étrange, alors qu'on regarde comme important de n'omettre dans un Dictionnaire aucune localité qui a la moindre signification administrative, qu'on ne fasse aucune place à une nomenclature qui tient à l'homme même et qui à souvent tant d'applications scientifiques? A côté de la géographie usuelle, de la géographie des affaires et des intérêts, le Dictionnaire, on le voit, fait une place considérable à la géographie d'étude.

C'est dans la même pensée que, par une autre innovation qui sera grandement remarquée et fort appréciée, l'auteur a soigneusement indiqué à la suite des articles toutes les sources à consulter.

Nous venons de mentionner les articles généraux; le Dictionnaire leur attribue un espace relativement considérable. Là, en effet, est l'intérêt dominant et la plus grande somme d'instruction. On y développe fréquemment des faits particuliers, physiques ou ethnographiques, qui s'y trouvent placés dans leurs rapports naturels, soit entre eux, soit avec l'ensemble, et l'on évite par là, autant que possible, les morcellements qui sont à certains égards un inconvénient des Dictionnaires. Un bon système de renvois ne permet pas moins de retrouver sur-le-champ tel point particulier compris dans un article général.

Pour mener à bonne fin cette œuvre immense, M. Vivien de Saint-Martin a dû demander le concours de plusieurs savants déjà éprouvés dans des travaux analogues. Nous citerons : M. Louis Rousselet, géographe distingué et voyageur instruit, à qui l'on doit un ouvrage sur l'Inde d'une haute valeur, qui a accepté la tâche laborieuse de réunir, de coordonner et de réviser le manuscrit; M. Élisée Reclus, le savant auteur de *la Terre* et de la *Géographie universelle* en cours actuel de publication, qui s'est chargé de plusieurs parties des deux Amériques qui lui sont particulièrement connues; M. Onésime Reclus, lui-même auteur de plusieurs ouvrages très-remarquables et très-remarqués; M. Belin de Launay, un des professeurs distingués de l'Université; M. Meissas, auteur d'excellents livres d'éducation; M. Cahun, connu par des travaux sur les langues touraniennes, et un archéologue distingué, M. Anthyme Saint-Paul.

Mode et conditions de la publication.

Le *Nouveau Dictionnaire de géographie universelle* formera deux magnifiques volumes in-4, même format que le *Dictionnaire de la Langue française de M. Littré*; imprimés sur trois colonnes Chaque volume contiendra environ 200 feuilles, soit 1600 pages.

La publication aura lieu par fascicules de 10 feuilles (80 pages). — Chaque fascicule se vendra 2 fr. 50 c. — Il paraîtra au moins 5 fascicules par an à dater du 1er février 1877. Le premier est en vente.

LE
TOUR DU MONDE

NOUVEAU JOURNAL HEBDOMADAIRE DES VOYAGES
PUBLIÉ SOUS LA DIRECTION DE M. ÉDOUARD CHARTON
ET TRÈS-RICHEMENT ILLUSTRÉ PAR NOS PLUS CÉLÈBRES ARTISTES

Les dix-sept premières années sont en vente (1860-1876).
Les années 1870 et 1871 ne formant ensemble qu'un seul volume, la
collection comprend actuellement seize volumes
qui contiennent plus de 9000 gravures

Et comprennent :

Les voyages de MM. G. Doré et Davilliers en Espagne ; du capitaine Burton chez les Mormons; de M. Renan en Syrie ; de M. Mouhot dans les royaumes de Siam, du Cambodje et de Laos ; de sir Baldwin dans l'Afrique australe ; du capitaine Speke aux sources du Nil ; de M. de Molliens à Java ; de M. Ferdinand de Hochstetter à la Nouvelle-Zélande; de M. Charles Martins au Spitzberg ; de M. Arminius Vambéry dans l'Asie centrale ; de Livingstone sur les rives du Zambèze ; de M. Aimé Humbert au Japon ; de MM. Schlagintweit dans la Haute-Asie ; du vicomte Milton de l'Atlantique au Pacifique ; de M. Mage dans le Soudan oriental ; du docteur J. J. Hayes à la mer libre du Pôle et au Groënland ; de M. Vereschaguine dans le Caucase et à Samarkand ; de M. Francis Wey à Rome ; de M. et Mme Agassiz au Brésil ; de M. A. Grandidier et de M. Rousselet dans l'Inde ; de MM. F. et E. Whymper au territoire d'Alaska et dans les Alpes ; de M. Hepworth Dixon en Russie ; de M. Fleuriot de Langle sur les côtes d'Afrique ; de M. Francis Garnier en Indo-Chine ; de M. Wallace dans l'archipel de Malaisie ; de Stanley à la recherche de Livingstone ; de M. de Varigny aux îles Sandwich ; de la Germania et de la Hansa au pôle Nord ; du Dr Schweinfurth au cœur de l'Afrique; de M. Hayden dans le territoire du Montana et aux grands Geysers d'Amérique; de M. Keller Leuzinger sur l'Amazone et le Madeira ; de sir Samuel White Baker dans l'Afrique centrale ; de M. Ch. Yriarte dans l'Istrie et la Dalmatie ; de M. Pailhès dans l'archipel des Marquises ; de MM. Rebatel et Tirant dans la régence de Tunis ; de M. J. Thomson en Chine; de M. de Lamothe au Canada; des marins du Polaris dans les mers du Pôle ; du colonel Warburton en Australie ; de M. Ch. Yriarte, dans la Dalmatie et l'Herzégovine ; de M. A. Pailhès, aux îles Marquises et à Taïti ; de M. Hepworth Dixon, dans les Etats-Unis ; de M. Francis Wey, dans la Toscane et l'Ombrie ; de M. le vice-amiral Fleuriot de Langle, sur la côte d'Afrique ; de M. T. Choutzé, à Pékin et dans le nord de la Chine ; de M. Th. Deyrolle, dans le Lazistan et l'Arménie ; de M. Henri Belle, en Grèce ; des lieutenants Payer et Weyprecht, au Pôle Nord (expédition du *Tegetthof*) ; de M. Kirchhoff, dans la vallée du Yosemiti.

CONDITIONS DE VENTE ET D'ABONNEMENT
Un numéro comprenant 16 pages in-4°, plus une couverture réservée aux nouvelles géographiques, paraît le samedi de chaque semaine. — Prix du numéro : 50 centimes. — Les 52 numéros publiés dans une année forment 2 volumes qui peuvent être reliés en un seul. Prix de chaque année brochée en un ou deux volumes. 25 francs. Prix de l'abonnement pour Paris et pour les départements : un an, 26 fr.; six mois, 14 fr. — Prix de l'abonnement pour les pays étrangers qui ont adhéré à la convention de Berne : un an, 28 fr.; six mois, 15 fr. — Les abonnements se prennent à partir du 1er de chaque mois.
Table décennale du *Tour du Monde* (1860-1869), brochure in-4°, 1 fr.

NOUVELLE

GÉOGRAPHIE UNIVERSELLE

LA TERRE ET LES HOMMES

PAR

ÉLISÉE RECLUS

10 à 12 volumes grand in-8
qui seront publiés par livraisons

EN VENTE :

Tome I : **L'Europe méridionale** (*Grèce, Turquie, Roumanie, Serbie, Italie, Espagne et Portugal*), contenant 4 cartes tirées à part et en couleurs, 60 gravures sur bois et 200 cartes insérées dans le texte.

Tome II : **La France**, contenant une grande carte physique de la France, 10 cartes en couleurs, 69 vues et types gravés sur bois et 200 cartes insérées dans le texte.

Prix de chaque vol., br., 30 fr. ; richement relié avec fers spéciaux, tranches dorées, 37 fr.

EN COURS DE PUBLICATION :

ALLEMAGNE, AUTRICHE-HONGRIE, SUISSE

Mode et conditions de la publication.

La *Nouvelle Géographie universelle* de M. Élisée Reclus se composera d'environ cinq cents livraisons, soit dix à douze beaux volumes grand in-8° qui contiendront environ 2000 cartes intercalées dans le texte ou tirées à part et plus de 800 gravures sur bois.

Chaque volume, comprenant la description d'une ou de plusieurs contrées, formera pour ainsi dire un ensemble complet et se vendra séparément.

Les souscripteurs, selon leurs ressources ou leurs études, pourront donc se procurer isolément les parties de ce grand ouvrage dont ils auront besoin, sans s'exposer au regret de ne posséder que des volumes dépareillés.

Chaque livraison, composée de 16 pages et d'une couverture, et contenant au moins une gravure et une carte tirée en couleurs, et généralement plusieurs cartes insérées dans le texte, se vend 50 centimes.

Il paraît régulièrement une ou deux livraisons par semaine depuis le 8 mai 1875.

L'ANNÉE
GÉOGRAPHIQUE

REVUE ANNUELLE

DES VOYAGES DE TERRE ET DE MER
DES EXPLORATIONS, MISSIONS, RELATIONS ET PUBLICATIONS DIVERSES
RELATIVES AUX SCIENCES GÉOGRAPHIQUES ET ETHNOGRAPHIQUES

1862-1876

PAR

M. VIVIEN DE SAINT-MARTIN

Président honoraire de la Société de géographie

CONTINUÉE DEPUIS 1876

PAR

MM. MAUNOIR ET DUVEYRIER

FORMANT 14 VOLUMES IN-18 JÉSUS

à 3 fr. 50 cent. le vol.

Il paraît, depuis 1863, un volume au commencement de chaque année. Les années 1870-71 ne forment qu'un vol. La collection est à son quatorzième volume.

L'impulsion immense qui porte les nations de l'Europe vers l'exploration du monde et l'étude des peuples étrangers est, un des grands côtés, le plus grand peut-être, de la civilisation moderne. Il y a là un intérêt philosophique de l'ordre le plus élevé, en même temps qu'un intérêt pratique de tous les instants. S'il est une science vivante entre toutes, c'est la géographie ; nous serions bien heureux que la publication de l'*Année géographique* ait pu et puisse encore contribuer pour sa part à en populariser le goût de plus en plus, et à en relever l'étude affaiblie.

VIII
PUBLICATIONS NOUVELLES

GÉOGRAPHIE HISTORIQUE
ET ADMINISTRATIVE
DE LA GAULE ROMAINE

PAR

Ernest DESJARDINS
Membre de l'Institut
Maître de conférence (Géographie) à l'École normale supérieure

OUVRAGE CONTENANT :

Une grande carte d'ensemble de la Gaule romaine, des cartes, eaux-fortes et gravures en couleurs tirées à part, des bois et des zincs, intercalés dans le texte. 4 beaux vol. in-8 jésus.

Chaque volume sera vendu séparément, broché : **20** francs.

Conditions de la publication.

Cet ouvrage comprendra quatre volumes, qui seront vendus séparément, ainsi que la grande carte comparée de la Gaule romaine.

Le tome 1er, qui vient de paraître, contient :

1° Une INTRODUCTION expliquant l'objet, le plan et les divisions du livre, et donnant l'énumération détaillée des sources auxquelles l'auteur a puisé. Ces sources comprennent les textes classiques, les monuments législatifs, les textes épigraphiques, la numismatique, les documents archéologiques et diplomatiques, et les publications géographiques antérieures, passées en revue par l'auteur avec des réflexions critiques sur leur valeur relative ;

2° La GÉOGRAPHIE PHYSIQUE DE LA GAULE ROMAINE, comprenant cinq parties : I. l'*Orographie* ou la description comparée des montagnes ; — II. l'*hydrographie intérieure* : fleuves, rivières et lacs ; — III. la *description détaillée des côtes anciennes et actuelles*, avec l'indication des changements survenus depuis l'époque romaine ; — IV. *le sol et le climat* au temps des Romains ; — V. *les productions :* les mines, la flore et la faune à l'époque romaine.

Il renferme, en outre, 17 planches tirées à part et 22 vignettes intercalées dans le texte. Les planches sont, pour la plupart, des cartes donnant, à l'aide de deux tirages de couleurs différentes, l'état ancien du pays comparé à l'état moderne ;

Le tome II paraîtra dans les premiers mois de 1877. Il comprendra la Géographie de la Gaule à l'arrivée des Romains, un rapide examen topographique des conquêtes de César et l'organisation administrative de la conquête romaine, provinces, cités, *pagi* (ou cantons), etc.

Les tomes III et IV suivront de près. Ils seront consacrés : 1° Le tome III, à l'étude de la topographie détaillée de la Gaule romaine, touchant les circonscriptions des cités et le régime particulier de chacune d'elles, les villes et *oppida*, les lieux historiques, *castella*, stations thermales, villas, etc.; le tome IV à l'étude détaillée du réseau des voies romaines, stations postales, bornes milliaires, etc.

HISTOIRE

DE LA

FORMATION TERRITORIALE

DES

ÉTATS DE L'EUROPE CENTRALE

PAR

AUGUSTE HIMLY

Professeur de géographie à la faculté des lettres de Paris.

2 volumes in-8, brochés................ 15 francs.

EXTRAIT DE L'AVANT-PROPOS

Le système territorial de l'Europe contemporaine est le résultat complexe d'une longue série de révolutions qui, créant et détruisant tour à tour les états, modifiant sans cesse leur assiette et leurs limites, ont abouti à donner à notre continent sa configuration politique présente.

Ramené continuellement par mon enseignement à la Sorbonne à étudier cette action et cette réaction incessantes de la géographie sur l'histoire et de l'histoire sur la géographie, j'ai entrepris, il y a bien des années déjà, d'écrire une *Histoire de la formation territoriale de l'Europe moderne*, qui, prenant comme point de départ la géographie physique des grandes régions européennes, retraçât sommairement, pour chaque état actuellement existant, son origine et la réunion successive de ses parties intégrantes, ses agrandissements et ses pertes territoriales dans le mouvement général de la politique européenne, sa situation présente enfin au triple point de vue de la géographie, de la politique et de l'ethnographie. Expliquer l'organisation territoriale de l'Europe contemporaine tant par les conditions inhérentes à la nature du sol que par les vicissitudes de l'histoire, mettre en saillie les grands faits géographiques et historiques, ethnographiques et statistiques qui ont eu pour résultante l'ordre de choses présent, en un mot commenter et illustrer la carte actuelle de notre continent, tel est le but que je m'étais proposé en commençant et que je me suis efforcé de ne jamais perdre de vue. Aussi, tout en remontant aux premières origines des états modernes et en étudiant d'âge en âge la suite complète de leurs transformations territoriales, ai-je cru devoir insister davantage sur les temps les plus rapprochés de nous et n'accorder un développement analogue aux événements des siècles plus reculés que pour autant que leurs conséquences se font sentir jusqu'aujourd'hui.

Je soumets aujourd'hui au public la *première partie* de cet ouvrage, consacrée aux états de l'Europe centrale. Les sept livres dont elle se compose, tout en se complétant mutuellement, ont chacun son sujet spécial : le premier donne un aperçu de la géographie physique de la région centrale du continent européen ; le second est un essai de géographie historique générale, où j'ai tâché d'analyser les grandes époques historiques et géographiques du monde germanique depuis l'époque romaine jusqu'à nos jours. Les cinq autres traitent de la géographie historique spéciale des différents états, — Autriche, Prusse, Petite-Allemagne, Suisse, Pays-Bas et Belgique, — qui constituent le groupe.

PARIS. — IMPRIMERIE E. CAPIOMONT ET V. RENAULT
rue des Poitevins, 6.

Librairie HACHETTE et Cⁱᵉ, boulevard Saint-Germain, nº 79, à Paris.

ÉDITIONS A 1 FRANC 25 C. LE VOLUME

FORMAT IN-18 JÉSUS

BIBLIOTHÈQUE DES MEILLEURS ROMANS ÉTRANGERS

Ainsworth (W. Harrisson) : Abigaïl. 1 v. — Crichton. 2 v. — Jack Sheppard. 2 v.

Andersen : Livre d'images sans images. 1 v.

Anonymes : César Borgia. 2 v. — Les Pilleurs d'épaves. 1 v. — Paul Ferroll. 1 v. — Violette. 1 v. — Whitehall. 2 v. — Whitefriars. 2 v. — Miss Mortimer. 1 v.

Azeglio (Massimo d') : Nicolas de Lapi. 2 v.

Beecher-Stowe (Mʳˢ) : La Case de l'oncle Tom. 1 v. — La Fiancée du ministre. 1 v.

Bersezio (V.) : Nouvelles piémontaises. 1 v.

Braddon (miss) : Œuvres. 33 v. — Aurora Floyd. 2 v. — Henry Dunbar. 2 v. — Lady Lisle. 1 v. — La trace du Serpent. 2 v. — Le Cap. du Vautour. 1 v. — Le Secret de lady Audley. 2 v. — Le Testament de John Marchmont. 2 v. — Le Triomphe d'Éléanor. 2 v. — Ralph l'intendant. 1 v. — La Femme du Docteur. 2 v. — Le Locataire de sir Gaspard. 2 v. — L'Allée des Dames. 2 v. — Rupert Godwin. 2 v. — Le Brosseur du Lieutenant. 2 v. — Les Oiseaux de proie. 2 v. — L'Héritage de Charlotte. 2 v. — La Chanteuse des rues. 2 v. — Un fruit de la mer Morte. 2 v.

Bulwer-Lytton : Œuvres. 26 v. — Devereux. 2 v. — Ernest Maltravers. 1 v. — Le Dernier des Barons. 2 v. — Le Désavoué. 2 v. — Les Derniers jours de Pompéi. 1 v. — Mémoires de Pisistrate Caxton. 2 v. — Mon roman. 2 v. — Paul Clifford. 2 v. — Qu'en fera-t-il ? 2 v. — Rienzi. 2 v. — Zanoni. 1 v. — Eugène Aram. 2 v. — Alice ou les Mystères. 1 v. — Pelham. 2 v. — Jour et Nuit. 2 v.

...ero (F.) : Nouvelles andalouses. 1 v.

...ès : Nouvelles. Trad. 1 v.

...as (miss) : L'Allumeur de réverbères. 1 v. — Mabel Vaughan. 1 v. — La Rose du ... 1 v.

Bell (miss Brontë) : Jane Eyre. 2 v. — ...Professeur. 1 v. — Shirley. 1 v.

**...harles) : Œuvres. 27 v. — Aventures ...ckwick. 2 v. — Barnabé Rudge. 2 v. — ...House. 2 v. — Contes de Noël. 1 v. — ...Copperfield. 2 v. — Dombey et ... — La petite Dorrit. 2 v. — Le Ma...ntiquités. 2 v. — Les Temps diffi...iles. 1 v. — Nicolas Nickleby. 2 — Olivier Twist. 1 v. — Paris et Londres en 1793. 1 v. — Vie et Aventures de Martin Chuzzlewit. 2 v. — Les grandes Espérances. 2 v. — L'Ami commun. 2 v.

Dickens et Collins : L'Abîme. 1 v.

Disraeli : Sybil. 2 v. — Lothair. 2 v.

Douglas Jerrold : Sous les rideaux. 1 v.

Freytag (G.) : Doit et Avoir. 3 v.

Fullerton (lady) : L'Oiseau du bon Dieu. 1 v. — Hélène Middleton. 1 v.

Gaskell (Mʳˢ) : Œuvres. 8 v. — Autour du sofa. 1 v. — Marie Barton. 1 v. — Cranford. 1 v.

— Marguerite Hall (Nord et Sud). 2 v. — Ruth. 1 v. — Les Amoureux de Sylvia. ... — Cousine Philis. 1 v.

Gerstaecker : Les deux Convicts. 1 v. — ... Pirates du Mississipi. 1 v. — Aventur... d'une colonie d'émigrants en Amérique. ...

Gœthe : Werther. 1 v.

Gogol (N.) : Tarass Boulba. 1 v.

Grenville Murray (E. C.) : Le jeune Brow... 2 v. — La Cabale de boudoir. 2 v.

Hacklænder : Boutique et Comptoir. 1 v. — Le Moment du Bonheur. 1 v. — ... militaire en Prusse, 4 séries. Chaque série se vend séparément.

Hall (Cap. Basil) : Scènes de la Vie maritime. 1 v. — Scènes du Bord et de la Terre ferme. 1 v.

Hauff (W) : Nouvelles. 1 vol. — Lichtenstein. 1 v.

Hawthorne (N.) : La Lettre rouge. 1 v. — ... Maison aux sept pignons. 1 v.

Heiberg (L.) : Nouvelles danoises. 1 v.

Hildreth : L'Esclave blanc. 1 v.

Immermann : Les Paysans de Westphalie. 1 v.

James : Léonora d'Orco. 1 v.

Jenkin (Mʳˢ) : Qui casse paie. 1 v.

Kavanagh (J.) : Tuteur et Pupille. 2 v.

Kingsley : Il y a deux ans. 2 v.

Kompert : Nouvelles Juives. 1 v.

Lawrence : Maurice Dering. 1 v. — Guy Livingstone. 1 v. — Frontière et prison. 1 v. — L'épée et la robe. 1 v. — Honneur stérile. 2 v.

Lennep (J. Van) : Les Aventures de Ferdinand Huyck. 2 v.

Lever (Ch.) : Harry Lorrequer. 2 v. — L'Homme du jour. 1 v.

Longfellow : Drames et Poésies. 1 v.

Ludwig (O.) : Entre ciel et terre. 1 v.

Mayne-Reid : La Piste de guerre. 1 v. — La Quarteronne. 1 v. — Le Doigt du Destin. 1 v. — Le Roi des Séminoles. 1 v.

Melville (G. J. Whyte) : Les Gladiateurs. 1 v. — Katerfelto. 1 v.

Mügge (Th.) : Afraja. 2 v.

Pouchkine : La Fille du Capitaine. 1 v.

Smith (J.-F.) : L'Héritage (Dick Tarleton). 3 v.

Stephens (miss A.-S.) : Opulence et Misère. 1 v.

Thackeray : Œuvres. 9 vol. — Henry Esmond. 2 v. — Histoire de Pendennis. 3 v. — La Foire aux vanités. 2 v. — Le Livre des Snobs. 1 v. — Mémoires de Barry Lyndon. 1 v.

Tourguéneff : Mém. d'un seigneur russe. 2 v.

Trolloppe (A.) : Le Domaine de Belton. 1 v.

Trolloppe (Mʳˢ) : La Pupille. 1 v.

Wilkie Collins : Le Secret. 1 v. — La Pierre de Lune. 2 v. — Mademoiselle ou Madame. 1 v. — Mari et Femme. 2 v. — La Morte vivante. 1 vol. — La Piste du crime. 1 v. — Pauvre Lucile! 2 v. — Cache-Cache. 2 v.

Wood (Mʳˢ H.) : Les Filles de lord Oakburn. 2 v.

Zschokke : Addrich des Mousses. 1 v. — Le Château d'Aarau. 1 v.